红
发

DIE ROTE
Alfred Andersch

〔德〕阿尔弗雷德·安德施 著

姚月 译

外语教学与研究出版社
北京

京权图字：01-2017-5101

图书在版编目（CIP）数据

　　红发／（德）阿尔弗雷德·安德施著；姚月译. —— 北京：
外语教学与研究出版社，2018.1
　　ISBN 978-7-5135-9813-2

　　Ⅰ. ①红… Ⅱ. ①阿… ②姚… Ⅲ. ①长篇小说－德国－现代
Ⅳ. ①I516.45

中国版本图书馆 CIP 数据核字 (2018) 第 003246 号

出 版 人　徐建忠
项目策划　张　颖
责任编辑　陈　宇
责任校对　何碧云
装帧设计　柴昊洲
出版发行　外语教学与研究出版社
社　　址　北京市西三环北路 19 号（100089）
网　　址　http://www.fltrp.com
印　　刷　紫恒印装有限公司
开　　本　787×1092　1/32
印　　张　10
版　　次　2018 年 4 月第 1 版 2018 年 4 月第 1 次印刷
书　　号　ISBN 978-7-5135-9813-2
定　　价　48.00 元

购书咨询：（010）88819926　电子邮箱：club@fltrp.com
外研书店：https://waiyants.tmall.com
凡印刷、装订质量问题，请联系我社印制部
联系电话：（010）61207896　电子邮箱：zhijian@fltrp.com
凡侵权、盗版书籍线索，请联系我社法律事务部
举报电话：（010）88817519　电子邮箱：banquan@fltrp.com
法律顾问：立方律师事务所　刘旭东律师
　　　　　中咨律师事务所　殷　斌律师
物料号：298130001

现代作曲家以实为据进行创作。

克劳迪奥·蒙特威尔第
《论现代音乐的完美性》
威尼斯，1605

目录

星期五

弗兰齐丝卡，黄昏

在深色的拱顶玻璃、烟雾和水泥之下，中央火车站的站台上不见半点水迹，但开往威尼斯的火车却湿淋淋地滴着水，它一定是在几分钟之前刚刚从雨中，从阴雨绵绵的下午驶进车站的。发车时间16点54分，也就是说还有五分钟。车厢内还是冷的，为了避免冷到发抖，弗兰齐丝卡把手套放在座位上，走了出去，却在一月的穿堂风中瑟瑟发抖。也许我怀孕了。尽管穿着驼毛大衣，她还是感觉全身冰冷。她把棕色手提包夹在腋下，双手插进大衣的口袋里。一支烟，当火车开动后，我首先要做的，就是点燃一支烟。她看见身边的火车车厢侧面的水汽在火车站大厅和轨道之间转化成烟雾，又凝结成脏水。站台的灯突然亮起来，车厢瞬间被蒙上一层黄色的光。如果此刻赫伯特突然出现——因为他会追过来的——那么我也许会把手套留在那里并跟他走。要是他现在来，那么这就意味着我们也许会在最后一刻找到一个方案。有时我也会那么的懦弱啊。

米兰中央火车站是一个昏暗的地方，尤其是在雨天，在一月，在灰色的傍晚。车站的大门口有几根巨大的多孔方柱。弗兰齐丝卡下了电车后，迅速跑进了火车站。有几辆出租车驶入前厅，停下并迅速离开。自动扶梯是通向楼上的，这个时间还不是很拥挤，正缓缓向上滚动着。弗兰齐丝卡站在一位瘦小的老妇身后，她手中提着四个沉重的、打了补丁的旧购物袋，还有包裹和瓶子，像一只要喂养一群雏鸟的老鹰，贫穷、年迈、营养不良，带着窥视的目光。到了楼上，老妇很快消失在从刚刚抵达的火车上下来的人群中。弗兰齐丝卡走到一个售票窗口前，询问下一班火车出发的时间。

"到哪里去？"

"随便去什么地方。"

售票员盯着她看了好一会儿，然后望了一眼墙上的钟，说："去威尼斯的快车。4点54分发车。"

威尼斯。为什么是威尼斯？我在威尼斯有什么要做的事吗？但这好比玩轮盘赌，我押注0，但出现的是一个颜色。随便一个叫作0的地方，出现的却是威尼斯。大概也没有什么地方叫0吧。

"好，请您给我一张去威尼斯的票！"

"要回程吗？"

"不，单程。"她看了看手表。差13分钟5点。威尼斯好比是每一个其他地方，好比是所有其他地方。赫伯特绝不会猜到我去了那里，他最多会认为我回了德国，在家里等着他。

"4600里拉[1]。"售票员说着并递给她一张票。

弗兰齐丝卡给了他一张5000里拉的钞票。真贵，去威尼斯太贵了。售票员边找她钱边说："您在车上需要另付附加费。"

她吃了一惊。在那一瞬间，她思考着是否应该把票退还给他。我可以找一个比较近的地方，比如都灵，坐一辆普通列车。但她把票放进了手提包。那个男人看着她的一举一动。"7号站台。"他礼貌地说。一个外国女人。随便什么地方。她疯了，要不就是妓女，或者两者都是。一个

1意大利、马耳他等国的旧本位货币单位。

——编者注（本书脚注如无特殊说明，均为编者注）

外国女人，她想去随便什么地方，而且有足够的钱支付一张去威尼斯的快车票。我工资的四分之一。一个疯妓女。她的头发那样飘动着。一位红发女郎。意大利女人不会让头发这样飘动。他用欣赏而猥琐的目光望着她离去。

虽然还不是晚上，但这突然的灯光使得候车室外灰色的傍晚显得更加昏暗。广播里传来提示，从罗马开来的快车马上要进站。弗兰齐丝卡进入车厢时，快车也已经开始启动，它和缓稳健，像是被绑在一根巨大的羽毛上。不到几分钟的时间，羽毛就带着它在铁轨上像子弹一样飞驰起来。快速开车的感觉是美妙的。有时候，我们晚上在多特蒙德和杜塞尔多夫之间的高速公路上开车去剧院，我会把约阿希姆的保时捷开到每小时160公里的速度。快车开始加速的那一瞬间，她一动不动地坐在自己的座位上。车身以钢铁之箭的速度默默地、柔软地射穿黑夜。每次当我要加速时，约阿希姆都会说，如果你有孩子，你一定不会开这么快。会的，我回答，一样快。更何况我没有孩子。你们没有让我怀孕。你们都是太小心谨慎的人。当约阿希姆愤怒的脸从她的回忆中消失时，列车乘务员来了。他检查了她的票，然后说："请补交快车的附加费。"

在他写附加费的票据时，她担心地等待着他将要说出的价格。

"2500里拉。"他说，并递给她车票。

她从手提包内的两张10 000里拉中抽出了一张。他找了零钱。他走了之后，弗兰齐丝卡闭上眼睛靠在了椅子上。我本来有25 000里拉和一些硬币。不多，很少，但也够用十天。可是现在已经花了7000里拉。现在我只剩下18 000里拉和一些硬币。坐这趟车真是疯了，这完全不合乎逻辑。这种只有一等车厢的快车就是一种欺骗。它用它的软座椅、暖气、明亮的灯光和高车速给你带来幻觉，让你觉得是在舒适的环境中做着高贵优雅的事。我本来应该坐在一个木凳上，被挤在其他三个人中间。这个想法让她不寒而栗。她睁开眼睛，忽然想起自己想要抽支烟，便随即点燃了一支烟。2400里拉只能在一个便宜的旅店过两夜，也就是说三天的期限。上帝啊，这是多么的愚蠢！第一步就已经走错了。这是一个不祥的预兆吗？

她想要坚持自己的想法，于是计划从到达威尼斯的那一刻起，就必须精打细算，不再抽烟了。她数着身边烟盒里的烟，还有12支。如果我克制些，到明天晚上是够的。

在大车厢中，坐在她边上的那个男人拿着一份报纸，她机械地读着《晚邮报》上的大标题："关于卡拉斯的讨论尚无结果"，"莫斯科征服国外市场"，"比萨斜塔的三个修复计划"，"曼斯菲尔德的婚纱（附带照片）"，这一切她都不感兴趣。我任何可以读的东西都没有带。我最近开始读的那本书实在精彩。威廉·福克纳的《野棕榈》。充满智慧，非常狂野。不，这还不够：一本疯狂的书，一只愤怒地反抗命运而高举的拳头，但人们知道它会被迫放下，放下；然而拳头还在，平静地，只是紧握着放在大腿边上；被战胜了，但拳头警惕着。其实，不能马上读完这本书让我觉得难以忍受，但是它在米兰的一个酒店里。赫伯特不喜欢这本书，他觉得书的内容让人不舒服。不过要读懂福克纳，赫伯特的英文是远远不够的。他不喜欢美国文学，觉得它被高估了。他喜欢读"美丽的"书，从有文化的上等人嘴里，绝对不会冒出一个粗俗的字。不过我知道他也会偷偷地读里尔克，但他担心如果自己公开谈论这个，可能会有失面子。他敬畏陀思妥耶夫斯基、贝克特和新现实主义电影。自然，《喊叫》[1]让他觉得很尴尬，这

---

[1]《喊叫》（*Il Grido*）是1957年的一部意大利黑白电影，讲述一名男子远离家乡和爱人，漫无目的地独自流浪的故事。

个完美主义者。当我们从米兰的电影院出来时，他说他根本没有必要跟来的。我对他说过他不必强迫自己，但他好奇，想瞧一瞧我看的电影。我把他丢在街上，独自走了。

弗兰齐丝卡注意到，那个读《晚邮报》的先生不时投来审视的目光，这是一位年纪比较大的意大利商人。他长相不错，有点胖，但结实，他的清高会使他直到生命的尽头都依然保持稳重和冷峻。德国的老商人只是稳重而冷峻，但不清高，因为他们长相不好。而且在他们的稳重背后无非是隐藏着性无能、自卑以及神经官能症，因此他们很努力地工作。这儿的人清高并且强壮，他们只做我们那儿的人一半的工作，却做得非常优秀。他的目光让她感到疑惑，我的头发看上去一定很乱。从她在米兰的火车站台上冻得浑身冰凉的那一刻起，她就想去一趟卫生间，于是她拿起手提包站起身。那个人的目光机械地读着维罗纳的新闻。奇怪，一个没有行李的女人，这真是很奇怪，这个外国女人一定是疯了。也许她在米兰有一间房，在威尼斯有一个情人，或者正好相反。据说红发女郎比别的女人更火辣。不管怎么说，如果我在警察局工作，我会觉得一个没有携带任何行李去旅行的女人是很奇怪的，至少她也应该带一个能放下睡衣的小包吧，不过也许她睡觉也不穿睡衣。我不想要睡觉不穿睡衣的女人，世界上没有比穿着睡袍的意大利美人更漂亮的女人。弗兰齐丝卡不喜欢使用火车上的厕所，但快车上的这间很干净，让她克服了恶心的感觉。然后她在镜子前梳理自己的头发，并仔细地补上口红。回到座位上后，她望着窗外，西南方向的地平线上还有亮光，给了大地最后一线暮色。雨停了，但外面一定很冷，因为弗兰齐丝卡必须不断擦掉窗上持续产生的雾气。也许我怀孕了。火车在减速，房子出现了，工厂灯火通明，全新的工厂。弗兰齐丝卡听见刚才读报的那个男人站了起来，但并没有看他。他穿上大衣，拿起行李。应该是到维罗纳了，这是快车在米兰和威尼斯中间唯一的停靠站。要是我现在下车的话，那么明天早上我就可以到达慕尼黑，明天晚上到多特蒙德。手提包中只有18 000里拉，我其实应该被迫投降，我的未来会是怎样的呢？留在赫伯特身边是多么轻松。我真是该死，但死是轻而易举的事，没有一件事比死更容易做到，由于——赫伯特是怎么描述的呢？——一次运营安全事故。她不寒而栗。火车停下了，她没有回头看刚才那个读《晚邮报》的人下车，也不去看其他男人上车，她继续望着窗外。离开维罗纳车站后不久，火车停了两三分钟。在距离铁轨不远的地方有一栋房子，它可能以前被粉刷成了白色，现在墙面已经变脏并且剥落了。楼上破旧的木百叶窗关着，楼上的房间是否空着呢？底层的木百叶窗开着，但窗内漆黑。房子周围是石子和泥土地，晾衣架上挂着几件衬衣和毛巾。有公路从房子前经过，是一条岔道，路上没有汽车开过。湿漉漉的天空如平原一般，将最后一线微弱的光投射在这条街上，从维罗纳过来的铁轨像反射着光的直线，经过这黑暗的房子并伸展出去。这里面肯定有人住着，他们只是没有开灯。房子是一个正方体，一个凄凉衰败、装着秘密生命——在黑暗中的生命——的正方体，几乎没有坡度的房顶上盖着圆形的瓦片，破旧的烟囱任由它的砂浆落在仰合瓦上，潮湿的痕迹从裸砖和一块块的灰浆上显现出来。我一直只对这类房子感兴趣，我想要探究这种房子里的秘密，意大利到处都是这样的房子。在这样的房子里，人们晚上坐在黑暗中，守着自己的秘密，那些可怜、苦涩、闪光的秘密。要是我想看看这样的房子，不管在什么地方我都会叫赫伯特停下车来，那么他会对我说，你是浪漫的。他从来没有看过这类房子一眼，他永远只对教堂和皇宫，对帕拉弟奥、桑索维诺和布拉曼特这些艺术史中的垃圾感兴趣。继续行驶的火车把这栋房子从她的视线中甩开，天也终于黑了，弗兰齐丝卡又靠回到她的座椅上。她点燃第二支烟。真是不可思议，我居然让自己忍受了这么长时间。她狠狠地从嘴里吐出烟。你知道吗，弗兰齐丝卡，圣毛里齐奥教堂是索拉里晚期感性作品中最具代表性的建筑。如果一会儿你能跟我一起去参观的话，我会感到很欣慰。她记得他举起白兰地酒杯闻香时的样子。一句话和一个动作导致了一个决定，我等待这个决定好像是在等待上帝的审判，花了整整三年时间。她慢慢地抽着烟，头靠在座椅靠背的软垫上，目光注视着黑暗的窗，窗正以极快的速度擦过夜晚，弗兰齐丝卡开始诧异了。

法比奥·克雷帕兹，黄昏

  法比奥·克雷帕兹困惑地在《奥菲欧》[1]的总谱中翻来翻去，他放下了小提琴，并用琴弓在谱上戳来戳去。奥菲欧的悲伤咏叹调是由两把小提琴来伴奏的，其中一个小提琴手是他，法比奥。在技术上他已经过关，但他知道，星期一上午参加总彩排前的排练时，马萨里大师会叫停，折磨他并且装腔作势地望着他。"激动风格，"他将会抱怨，"要我跟您讲多少次，克雷帕兹？您演奏的时候总是……总是……"他搜肠刮肚，"……总是一副无可奈何的

1《奥菲欧》：五幕歌剧。亚历山德罗·斯特里齐编剧，蒙特威尔第作曲。情节改编自古希腊神话人物俄耳甫斯的故事。奥菲欧是俄耳甫斯的意大利译名。

样子！"

"但如果我太响，大师，我会盖住歌声的。"

"您不必太响，您应该充满激情，活泼，有感情！"
马萨里不会放过任何一个讲解音乐史的机会。

"先生们，"他会对着整个乐队隆重庄严地教导法比
奥，"请您想一想，激动风格是蒙特威尔第独创的充满激
情的风格。在他之前只有优美悦耳和宁静安详，柔软和缓
慢，但对战争的表达，对战斗和愤怒情绪的表达是他首先
在音乐中发明的。"

"怎么样，"歌唱家会在这个时候插话，"我们还继
续吗？"然后马萨里会中断讲话并继续看总谱。"您是正
确的，克雷帕兹，您在背景音乐中要保持平静。"这时，
歌唱家会做决定，但正是这个笨蛋喊叫时的独裁表情让法
比奥反倒听从了马萨里的建议，把他的那部分表现得略微
"激动"些，与此同时，遭受了羞辱的大师会投来感谢的
目光。

用琴弓翻着《奥菲欧》的总谱时，法比奥想，他是
否真的把所有部分都演绎得像指挥所说的"无可奈何"，
他掌握的感觉是否真的能被说成是无可奈何。他是无可

奈何的吗？因为他快到五十岁了；因为他还没有结婚；因为他作为几次革命运动，以及西班牙战争和游击战的失败者回到了威尼斯；因为他作为凤凰歌剧院的小提琴手，沉浸在他的职业生涯中。他曾经在马泰奥蒂国际纵队中担任营长，在皮亚韦河畔圣多纳的游击战中担任领导，现在他只是一个不再参与这些事的认真拉小提琴的人。他的朋友不多，他也不在家中与他们见面，而是偶尔在演出之后去伍果的酒吧。他，法比奥，独自在一套租来的两居室中生活。房东是一个寡妇，她声音很轻，从不打扰他。不过有时她的孩子，一个七岁的小女孩，会跑来听他练琴。他的母亲有时也从梅斯特雷来看他，她上了年纪，个子小却十分健朗。她会给他带来几条他父亲在潟湖捕的鱼，但从来不停留一个小时以上。她还用她粗而温暖的老妇嗓子抱怨他的妹妹罗莎，妹妹在梅斯特雷一家工厂的流水线上工作；也抱怨他，法比奥，因为他没有妻子也没有孩子。有时法比奥让她带走一些钱，因为他知道她经常吃得不好，特别是在他的父亲老皮耶罗钓不到几条鱼的日子里。这样的生活，这样的家庭背景，是否可以用"无可奈何"来形容呢？因为他认为激动风格并不重要，所以他就是无可奈何的吗？有什么是他认为重要的呢？他认为清醒的思考是重要的，另外，清醒的思考使他参与的革命运动失败了，甚至可能徒劳无功。不是无意义，却是徒劳无功。而且事情已经发展到如今的地步，连那些想要通过革命改变命运的人都无法理解了。他们不再是时髦的，最好的情况也就是被人们当作古怪的理想主义者。最近流行的是玩世不恭，挣钱和玩世不恭才是时髦。在这样的年代，人们最好是闭嘴和等待，马萨里所说的战斗的、愤怒的悲怆是不合时宜的。激动风格是糟糕的风格。除此之外，法比奥认为马萨里对蒙特威尔第的理解完全是错的。虽然有可能蒙特威尔第认为自己发明的激动风格很重要，但是没有几个艺术家能判断出自己的作用所在。他们不懂，当人们聆听、阅读或观看他们的作品时，哪些东西是让人们着迷的。比如《奥菲欧》，这绝对不是一部战斗性的、愤怒的或感伤的歌剧，这是一部深沉、安宁、热烈而忧伤的歌剧。法比奥在翻谱时正巧翻到第二幕中一位女信使将一份讣告带给奥菲欧的部分。他读到很简单的内容："我来到你这儿，奥菲欧，以一个很不幸的女信使的身份，告知一个悲惨而忧伤的命运：你那美丽的尤丽狄茜去世了。"然后他又举起小提琴演奏了C大调震音,以此来表达信使传递的信息。蒙特威尔第是怎样想的呢?没有激情的爆发,相反,他中断了C大调,而是让风琴和长颈诗琴在升C上演奏六和弦,这能够造成一种神秘的悲伤感。这正是对极具灾难性消息的正确反应。这就是人们所说的艺术中的永恒:一个1606年的男人正确地处理了他对灾难的想法,使得他的音乐流传至今。蒙特威尔第幸免于威尼斯瘟疫之难,他为那个瘟疫横行的年代谱写音乐。尤丽狄茜已经死去,革命将要失败,氢弹将被投放。

弗兰齐丝卡，下午

"过一会儿我不想跟你一起去参观任何东西。"这是她回答他的话。他放下了白兰地酒杯，没有喝上一口。

"出什么事了？"他问。

他们坐在比菲咖啡馆里，因为天很冷，所以他们不能坐在室外。他们透过巨大的玻璃窗看着穿行在拱廊街的人，几分钟内就有数百人走过。早上他们与蒙特卡蒂尼公司的人有过一次谈判。午饭后，当赫伯特去散步时，弗兰齐丝卡躺了一会儿。他从来不散步，他参观晚期风格、晚期风格、早期风格、中期风格和他的个人风格，他参观他自己。曾经有一次，我与穆勒教授讨论艺术史，穆勒很客观，我甚至有那么一瞬间相信了艺术史的作用。穆勒说这是一个可用的辅助科学，但对赫伯特来说这是他自己的事，关乎他的清高，好比他的西装和他的谈判技术。早上与蒙特卡蒂尼公司讨论的百分比以及下午的索拉里晚期风格，所有的一切都是美学、艺术、游戏，只有这样，人才能有进步，但还是不能真正达到约阿希姆那样。因此，赫伯特也不过就是一个代理，审美家是代理，是推销员，而约阿希姆是领导，是企业家。约阿希姆从不与美学搭界，他从来就只与权力相关。

"还是出什么事了吧，是吗？"

"我刚才想到了约阿希姆。"弗兰齐丝卡回答。

"哦，这样啊。"赫伯特说，"对不起，我不想打扰你想事情。"

"你一点都不打扰我，在这件事上。"她补充道。他充满憎恨地看着她。

"如果你自以为是，想要再扮演一次红颜祸水，那就请便吧！"

这是他最喜欢的词之一，当他说出这个词的时候会带着令自己陶醉的音色。我是人们所说的红颜祸水吗？她的目光转向拱廊街，抬头望着成堆的装饰品。当她收回目光时，正巧与一个男人的目光相遇，他坐在比菲咖啡馆的一张桌子旁，面前放着一杯意式浓咖啡，似乎在读《晚邮报》。红颜祸水的生涯：女秘书兼女翻译，通过了三种语言的考试，英语、法语、意大利语，有几个朋友，去过几次国外，然后在约阿希姆那里任职，还是他的情人（二十六岁时）。三年后当他还是不打算与我结婚时，我接受了他的朋友、出口部经理赫伯特的求婚，那是我的一种任性的反应。现在我知道了，这是赫伯特的一个美学商业计划。三年来，我也想清楚了，我们两个人的行为都不正常。现在我三十一岁了，以后怎么办？无论如何不能这样继续下去。当她将目光从那个陌生男人的目光中移开，低头看眼前的茶杯时，她突然清楚地明白了这一点。

"我只是想知道，为什么你不愿意参观这些漂亮的东西，"她听见赫伯特说，"比如圣毛里齐奥教堂一定适合你现在的心情。"

"那是有品位的，不是吗？"

"是。"他显然决定不理会她声音中的讥讽，"它凝聚了索拉里的好品位。"

"也符合你的特殊品位。"

"你很荒唐，弗兰齐丝卡。"他说。

"去找索拉里先生吧，"她说，"我留在这儿。我觉得拱廊街比你的艺术史更美。"

"拱廊街很丑。"

"你不是很欣赏斯坦伯格的画吗，你还记得吗？"

"斯坦伯格画的拱廊街是很好，但拱廊街本身是丑的。"

她目瞪口呆地看着他。他穿着国王大道上梅耶男装店的棕色西装，戴着一条粉红色羊毛窄领带，这是他不久前在伦敦庞德街的比尔依曼店买的。他两腿交叉坐着，他的手、颈部和脸都是棕色的，皮肤是深色的，高度近视眼镜下有一双水蓝的眼睛。他其实很瘦，瘦弱型，但有一层薄薄的脂肪。他那过于柔软的手弯曲着，一支白色的烟夹在棕色的柔软手指之间。他站在家里藏书室的书架前的样子是最好的，那时他看上去几乎就是一位学者，一位学识渊博的讲师。尽管他相貌英俊，女人们也没有在后面使劲追着他。我们总是有我们的嗅觉。

"你是一个讨厌的美学家。"她说。

"我觉得你变得越来越没有品位了。"他反驳道。他拿起白兰地酒杯，一口喝完。他没有看弗兰齐丝卡，而是让酒杯在空中闪着光。

"我的品位好到足够发现你的恶心。"她说。

服务员跑来问赫伯特是否还想喝什么,赫伯特厌恶地瞪着他并摇摇头。

"要我告诉你多少次,不能在这个拱廊街上拿个空杯子坐着,"弗兰齐丝卡尖刻地说,"最好再点个什么!"

"再来一杯白兰地!"赫伯特对服务员说。

弗兰齐丝卡点燃一支烟。她观察到外面有两个宪兵走过,他们的头和三角帽高出人群,看上去表情很严肃。宪兵看上去一直是严肃的,或许这是他们摆出的姿态,但我喜欢。

"我想,你觉得我讨厌,大概是因为你突然想起来要考虑你的男朋友了吧。"赫伯特说。

"也别讲得那么夸张!"弗兰齐丝卡说。

"如果你不介意,我想说,要适应你的讲话风格对我来说是有些困难。"

"哦,你觉得我冒犯你了吗?"弗兰齐丝卡问,"这我没有猜到。你不是从来不会被任何事情冒犯吗?"

她冷冷地回了那个读《晚邮报》的男人再一次投过来的目光。他是否注意到我们在争吵呢?

"如果你是想要借此说我有多么好，给了你一点点自由……"赫伯特没有把话说完。

"我的一点点自由！"弗兰齐丝卡说。她用低沉而愤怒的声音问："我和你的老板睡觉，在任何他想要的时候，这就是你说的给我的'一点点自由'吗？我要告诉你，直到现在我的那'一点点自由'是什么：我还与你做那事。我还与你做那事，因为我恨约阿希姆，我总是在最恨约阿希姆的那一刻与你做那事。"

服务员把白兰地酒杯放在赫伯特面前，并把两份账单插在放酒杯的小托盘下面。弗兰齐丝卡看着一个年轻姑娘在比菲的柜台后把金色和银色的夹心巧克力倒进玻璃盒子，巧克力在霓虹灯下闪着光，灯光下烟雾缭绕，黄色的光亮与红褐色的家具相互映衬，这时候的比菲座无虚席。这些巧克力有20到30磅[1]，谁会买那么多的夹心巧克力呢？那个读报纸的男人不再往这边看了，谢天谢地，我不想有谁成为即将发生的事的见证人。

"我知道，"赫伯特说，"你已经告诉过我很多次。我不明白的是，你为什么非要现在跟我演这一出。我不过

---

[1] 英美制重量单位。1磅约等于453.59克。

就是问了你，是否想和我去参观一个教堂。"

哦，上帝啊，他是完全正确的，我演了一出可恶的戏，这是我最不想要的。我想要的只是完全和平安静的分手，却反过来演了一出戏。我们女人真是可怕，总是不能放下。但是尽管事情已经做错了，我还是要结束这段关系，结束，结束，结束。

"因为我现在要结束我们的关系，"她说，"与你结束，我们结束了。"

赫伯特问："你的意思是想和我离婚？"

"离婚，"弗兰齐丝卡说，她把这话展开一些，"我还没有思考过这件事。是，当然要离婚。但是我首先要离开，离开你。"

"什么时候？"

"现在。现在，立刻。"

"啊！去哪里？"

"我不知道。随便去什么地方。"

"那就是去约阿希姆那里，我猜想。"

"不，"她说，"肯定不是去约阿希姆那里。"

"弗兰齐丝卡，"他说，"你并不是疯子。你有时会为某些事激动，但绝不是一个会发疯的人。别干傻事！"

"你身上有多少钱？"

"我？为什么？"

"你身上有多少钱？"

"两万，我猜想。弗兰齐丝卡……"

她打断他。"给我！"她说，"你还有旅行支票在酒店里。"

"我不会让你干傻事的。让我们像成年人一样处事！"

"把钱给我！"

他又举起酒杯让它在空中闪光，然后取出皮夹，从中抽出两张10 000里拉递给她。"你这是在要性子，"他说，"为什么你要闹，而不是对我说你需要钱。"

两万，加上我手提包中的5000里拉。如果节约点用，我能用它过上14天。

"谢谢。"她说。

"绕了一大圈！"他说，"你是在哪里看中了一条裙子吧？在蒙特拿破仑大街吗？"

"赫伯特，"她说，"我现在要离开。不必试图阻止

24

我，也不用探察我的行踪。"

"啊，"他说，"一个新的冒险。"

"是，"弗兰齐丝卡说，"一个新的冒险。"

"那么我什么时候可以在多特蒙德再见到你呢？"

她望着他，摇了摇头。

"是与一个意大利人有关吗？可到现在为止，你从来没有觉得意大利人怎么样啊？"

"无可奉告。"她冷静地说。"不过，"她补充说，"这与两个男人有关：你和约阿希姆。"她抓起她的手提包，"我还想问你，赫伯特。"

他没有接话。显然他还没有明白，我将离开。尽管如此，我还是要问这个问题："为什么你前天晚上那么不小心呢？"

天哪，哪怕他现在说出半点正确的话，我都会注定留在他身边，注定再一次尝试。这是他的最后一次机会。也许他会说出那几个字，从这几个字中我可以猜想，前天晚上他的漫不经心是因为他对我有某种感觉，哪怕只是那么一点点对我的感觉，所以没有注意，前天晚上……

"一次小的运营安全事故，"她听见他说，"这种事情难免会发生。"

好。他为这件事找到了这样一个可恶的词。但这也可以说是玩世不恭，害怕承认。我必须继续问下去。

"那假如我因此怀上了孩子呢？"

"你不会怀上孩子的。你不是事后洗干净了吗？还是你没有洗？"

"洗了，但如果发生了呢？这也不是绝对有保障的。"

"即便最坏的情况出现，我们也还有帕佩医生，他会处理的。"

"那假如我想要一个孩子呢？"

"你忘了，我不想要孩子。只要你与另外一个男人有关系，我就不想和你生孩子。"

他是在理的。我还可以说我们已经旅行了三个星期，而且在我们出发后不久，我来过月经。约阿希姆一定不在这出戏中，但尽管如此，赫伯特是有理的。他只是一时疏忽罢了，没有什么其他意思。不过就是一次运营安全事故而已。她站起身。

"但你不能让我一个人在这儿坐着。"他说。他的脸色突然显得有些苍白，脸上棕色的皮肤下透着一丝凄凉。

然后他也站了起来。"我需要你啊。我们明天早上还要与蒙特卡蒂尼公司的人谈判。"

"给贝立兹学校打电话！"弗兰齐丝卡说，"他们明天早上会派一个翻译到酒店。"

她走了，而他半鞠了个躬，以免她的离开在比菲咖啡馆里显得太突然。她感觉到，有几个人看着她。服务员心想，美丽的红发女郎！然后转身又去招待其他客人了。她穿过比菲的旋转门，向右转，很快穿过拱廊街的人群，到了斯卡拉广场，立即上了一辆去米兰中央火车站的电车。

法比奥·克雷帕兹，黄昏

　　法比奥还在练琴的时候，寡妇的孩子进来了。她停下来，双手交叉背在身后，靠墙听着。她严肃地抬头仰望着他，法比奥也严肃地看了她一眼。他没有微笑，他们的会面总是严肃的，像是两个成年人或两个孩子之间的会面。如果法比奥在一个孩子面前必须像成年人一样的话，那就如同他不能忍受小提琴的高音区那样荒谬。更何况，小女孩跑来他的房间并不是因为他在拉小提琴，至少一开始不是。尽管她喜欢听，尤其喜欢听他拉清澈、容易理解的旋律，但第一次以及后来许多次吸引她来的，却是一幅画，乔尔乔内的《暴风雨》。这幅没有画框的画靠墙竖在桌子上，是法比奥从学院美术馆旁边的图片商店买来的复制品。但为了看到原作，他也会隔一段时间去一次美术馆。

他看到小塞阿菲娜像往常一样悄无声息地沿着墙移动到桌子那里，然后看着画。她有一头森林般茂密的棕色直发和一张棕色的三角形脸。法比奥知道，让塞阿菲娜印象最深的是喂奶的场景。在乔尔乔内的这幅画中，一位裸着上身的妇女正在给她的婴儿喂奶。塞阿菲娜的母亲曾经告诉他，那孩子有一次问她，为什么不允许她喝她的奶。但今天，当法比奥放下琴弓的时候，她却问他："那个男人是这个女人的丈夫吗？"

法比奥抬头望着画并回答："大概是。"

"那为什么他不站在他太太的身边呢？"小女孩问。

"他们中间有一条河。"法比奥说。

"这条河根本不是河，它只是一条小溪，"塞阿菲娜说，"那个男人很容易就可以跨过去，去那个女人和孩子身边。"

"你没有看见那个男人要去干活吗？"法比奥问，"他肯定是一个渔夫，他手中握着一根船篙。"

"如果现在有暴风雨，那他就不应该离开。"小女孩说。她指着背景中乌云间的闪电。

法比奥忧伤地望着女孩棕色的头发，她不能理解为什么自己没有父亲。她刚刚到能学会读父亲名字的年纪，走出家门时，她能读出大纪念碑上的名字。那是纪念被党卫军带走并屠杀的威尼斯犹太人的纪念碑，碑身被钉在老犹太教堂的墙上，法比奥从塞阿菲娜母亲那里租的房间就在对面。在法比奥的安排下，他的朋友托利奥·托莱达诺的名字也被写上去了，不过托利奥却很快回来了，从消音室回到家中，但已是个半死的人。他得了肺结核，五年后去世了，那是他在马伊达内克染上的病。而对法比奥而言，这幅画有完全不同的意义。对他来说，这幅画展示了男人和女人间的永恒分离。岸的一边坐着一个女人，裸着上身，陶醉在生命的孕育中，散发着光彩，这是一种显而易见的血缘形式。而在岸的另一边站着的男人，黝黑、英俊，悠闲地欣赏着，满脸爱意。他创造了一个孩子，同时他的阳具在16世纪的皮裤里又一次勃起。年轻、有斗志，智慧而神秘，他再次转身，但这"很容易就可以跨过去"的水流又黑又深，在他和母子间是那么不可逾越。亘古不变的阴云密布的天空被闪电击中，画面中可以看见威尼托大区的一座城市、一条河和几棵树，背景是梅斯特雷和皮亚韦河畔圣多纳，法比奥就是在那个地区出生的。

"有许多女人没有丈夫。"他对塞阿菲娜说。他想，如果我有孩子，我一定不会骗他，即便是为了解释什么。

"你要知道，"他说，"人们在不同的时间死去，他们不能一起活着。"

塞阿菲娜显然并没有在听他说话。她用指甲在婴儿的头上刮着，她的棕色头发飘到了脸上，法比奥只看见她的棕发和蓝色的连衣裙。

"我想要一个这样的小弟弟。"她说。

"那你想跟他玩什么呢？"

"我想跟他到广场上玩。"塞阿菲娜说。

"那你必须好好看着他，不让他掉进大运河里。"法比奥说。他的目光越过犹太教堂的屋顶，望着新犹太广场边的一栋多层楼房。也正是因为这远景，他才租下了这套公寓。在托利奥去世一段时间后，他喜欢上了这栋高高的不对称的房子前那面洗白了的墙。这个居住区是威尼斯中一个凄惨、安静、死气沉沉的地区。死神穿过这个犹太人的居住区，穿过隆盖纳设计的西班牙犹太教堂，穿过宽大的广场，那里有一些毫无威尼斯特色的高层楼房，有安静得仿佛被搬空了的密集的居民楼。法比奥·克雷帕兹很愿意与留在威尼斯的犹太人一起生活，在他们沉默的房子里，在没有丈夫的女人和没有妻子的男人中生活。这里的孩子很少，孩子，乔尔乔内在他们身上留下了没有父亲的噩梦，铺开了一张渴望奶水丰沛的乳房和生育力的大网。这是本世纪最惨败之战的疆场，是对一个在革命中失败的人来说最合适的地方。一场暴风雨，乔尔乔内在画中表现的无声而悲惨的暴风雨，也正是那样的一场暴风雨，将他推到一个居住着寥寥无几的大屠杀幸存者的海滩上。

他把乐器放到一边，和塞阿菲娜玩起骰子游戏，直到她的母亲来叫她回去吃晚饭。

弗兰齐丝卡，晚上和深夜

乘务员穿行在车厢内，喊着："梅斯特雷！梅斯特雷！"原来在到达威尼斯前还要停靠一个站，梅斯特雷，这应该是在威尼斯陆地部分的郊区工业城。弗兰齐丝卡看见站台上有许多工人，都是白天在威尼斯上班，现在要回家去的人。他们在梅斯特雷换车，去帕多瓦、特雷维索或其他更小的地方。我是否要在这儿下车？我要去那个岛上干什么呢？在岛上我也许根本没有什么选择，在一个岛上我不能继续前行，而在陆地上我可以再到其他地方去，也有更多的机会。一个岛是一件封闭的物件。在梅斯特雷一定会有一两个廉价的旅馆。但这时火车又开动了，它咣当咣当地准确驶进离开梅斯特雷的铁轨道岔，蒙特卡蒂尼石油集团的银色油罐被灯光照射着。赫伯特要与蒙特卡蒂尼公司的人谈判。绿色、黄色、白色的烟在塔、泵和油管间升起，像有毒的云，在夜色中绽放着光芒。然后，快车晃动在通往威尼斯的长堤上。过了一段时间，火车停下，等待着，弗兰齐丝卡眼前出现了城市：一条黑色的带子，一月的城市，塔楼上没有光，只有港口的设施上有一些灯火，有几个看不清原貌的轮廓，街上有汽车驶过。我上次还与赫伯特在这条街上开过车，去年的春天。她已经来过威尼斯几次。第一次是跟"游罗巴"，我记得大概是1952年；后来一个人从格拉多来过一次，在我与赫伯特结婚之前，1953年的秋天；此后的两次是与赫伯特一起，很高档，住在鲍尔-格伦沃尔德酒店，用差旅费，用约阿希姆批准的差旅费。她很熟悉威尼斯。前年春天的旅游很糟糕，圣马可广场上人挤人，旅客们甚至看不见广场地面上的石砖。我们在完成了商业会谈后迅速离开了，赫伯特很不高兴，因为他还想参观一些东西，但我想要离开。如果我不需要做翻译，我就躺在鲍尔-格伦沃尔德酒店的床上，读侦探小说，我不想成为游客。我把赫伯特惹烦了，所以我们就离开了。我到底是不是喜欢威尼斯呢？她呆呆地看着窗外黑暗的水面，那是潟湖，她不由自主地耸了耸肩。不，其实不喜欢。威尼斯没有树木和草地，只有房子，艺术性的建筑和普通的房屋。我更喜欢普通的房屋。我也喜欢水、运河，甚至是铺满垃圾、臭气熏天的水面。我还喜欢开阔的水域，潟湖，尤其是威尼斯靠潟湖的一边，我非常喜欢。

她最后一个离开车厢，缓慢地沿着站台走，通过入口大厅的大门。她读着酒店代理们帽子上的名称：皇家丹尼利酒店，格瑞提皇宫酒店，欧洲和摩纳哥酒店，鲍尔－格伦沃尔德酒店。她没有回答他们的询问，而是从他们身边走过，到了大厅后面的一间站内大餐厅。她点了一杯意式浓咖啡，在等待的时候，她感觉到自己其实饿了，于是又要了一份萨拉米三明治。她站在吧台边，看向售票大厅，那里的纪念品商店闪烁得像一个万花筒。她付了钱并走向咨询台，要了一份二等和三等旅馆的名册，然后还要了一份城市地图，但她当然知道按照威尼斯的地图找一个地址是不可能的。她查看了火车出发时刻表，确认有好几班车开往米兰，夜间也有车从威尼斯开往米兰。现在已经快9点了。为了再拖延一点离开火车站的时间，弗兰齐丝卡又看了看纪念品商店的橱窗，那里有各种价格的贡多拉，小的贡多拉模型，说不出有多么俗气。穆拉诺玻璃，彩色画片，可爱得恶心的丑玩偶，印着总督宫图案的真丝围巾，以及很多画有喂鸽子的人的图片。来威尼斯是件很愚蠢的事，其他任何地方都比这个俗气的观光中心更值得一去，这儿只有游客和诈骗。然后她决定离开火车站。外面的大台阶上也已经很暗，她必须先适应一下黑暗，尤其是在有湿雾的空气中，天会显得更黑。而且天是冷的，潮湿的冷。她很快走到船码头，要了一张去圣马可区的票，80里拉，她用了最后一个100里拉的硬币。现在我只有60里拉的零钱和18 000里拉的纸币。她在码头浮桥上的木屋里等着，身体有些发抖。除了她之外，只有一位老人，他呆呆地坐在长凳上。第一条靠岸的循环摆渡船是要开往相反的方向。我曾经坐这种船绕了一圈，经过码头运河、朱代卡岛、扎泰雷码头。然后开来的是开往圣马可区的船，她上了船。船立刻驶向大运河的中心，从火车站广场的桥下通过。过了桥之后，船头的探照灯熄灭了。这儿好暗啊。弗兰齐丝卡虽然感到冷，但还是坐在了靠前的露天长椅上，独自一人坐在黑暗中。大运河好暗啊，我从来没有在晚上看过这里，在冬天的夜晚。夏天也许会有灯光照着，但在冬天，这里是黑暗的。她只听见浪扑打船头的声音，看见左边有一座宫殿，右边黑色的水面与雾蒙蒙的天空之间有几个模糊的物体。宫殿中有光洞，还有一条覆盖着火红色丝绒的走廊，底层有几个灯光暗淡的拱廊，甚至有一个房间开着灯，水晶吊灯下，一个女人正走向房间的深处。还有几个地方挂着匕首形状的黑色铸铁大灯笼，铁灰色的光线照射到河口。但除此之外，周围一片漆黑、孤寂，也许还有一丝敌意，总之寂静无比。弗兰齐丝卡非常想念米兰像洪水般流动的人群，她曾毫不犹豫地消失在这善良的人海中。人海把她淹没，正如冬天下午的烟雾中，暗黄色的灯光将教堂、拱廊街、斯卡拉广场和火车站淹没了一样。她来到这里，离开了那个人，并惊讶地发现，她已经将那个人置之脑后了。尽管我可能怀了他的孩子，但我应该留在米兰，最简单的解决方法是躲藏在米兰，而不是来到这个静悄悄的漆黑城市，死寂的城市，一个没有人群的城市。生活只有两种选择，要么孤独一人，要么湮没于人群中。弗兰齐丝卡受不了这露天船头的寒冷，于是在船靠近里亚托时，她回到了还有空位的船舱里。她坐到最后一排的长椅上，边上有一个年轻人，他正面带专注的表情读着书。弗兰齐丝卡偷看了一眼，书页的上方写着马克·吐温，他读的是一本翻译成意大利文的马克·吐温的书。右边有一位年轻妇女，丰满而优雅的中产资级，坐在两个谈笑风生的男人中间。其中一个人突然从包里拿出一捆全新的支票给另一个人看，那个人从他的手中抢过支票，假装诧异，随后立即将它们装进自己的包中。此时，第一个人表示抗议，弗兰齐丝卡能看出他眼中轻微的恐慌。随后，当那个人将支票略微捏皱并还给他时，他又轻松了下来，期间那妇人只是沉默地微笑。一个女人，她喜欢给男人戴绿帽子，给支票持有者戴一顶绿帽子，察觉到支票持有者眼中的些许恐慌并做出相应的反应。这个女人，一张原本平整的支票，现在被捏皱还给了买家，拥有支票、女人和恐慌的买家。弗兰齐丝卡丝毫没有同情他，也没有多少兴趣。她把目光从他们几个人身上移开，转向站在入口处的一个姑娘。一个年轻美貌的姑娘，生气勃勃的，有和我一样的红发和浅肤色，甚至也许像我一样是外国人。她涂着浅红色口红，年轻人的浅红色，一个红发在风中飘动着的美女。她将来是否也会像我一样在黑暗中坐车，包中只有18 000里拉，别无其他？但她的起点比我高，她在二十岁时就已经拥有美貌，二十岁时就有用旧了的高级箱子和一个提箱子的人。该死，我不应该开始为自己感到遗憾，都是我自己想要这样的，是我把自己的漂亮行李丢下的，是我要离开，离开支票持有者的。她太累了，不愿再想下去，也不愿再观察下去，她和大多数乘客一样在圣马可站下了船。那个年轻姑娘在前面走着，为她提行李的人跟在她身后，他们消失在欧洲和摩纳哥酒店里。此时弗兰齐丝卡继续沿着一条狭窄的街向前走，这条街从码头那儿一直延伸到圣马可广场后的街区。旅馆大多在这儿。但她并没有立即找到一家。她在错综复杂的小巷中迷了路，走过饭店、酒吧、商店，但这些都已经关门了。她继续向亮着灯的房子走去，在一栋又暗又脏的房子上看见一块旅馆的牌子，房子的走廊上亮着灯，有向上的楼梯通到旅馆内。这一定是很便宜的旅馆。她知道她其实应该在这儿问一下，但还是因为感到毛骨悚然而选择继续向前。房间里一定是冰冷的，也许我还能找到更好、也更便宜的旅馆。有那么几分钟时间，两个水手跟在她的后面，还对她吹口哨，很年轻的男人，几乎还是少年，突然他们就不见了。感谢上帝，我害怕。弗兰齐丝卡注意到，在所有的电影海报上，女主角双腿之间的那部分纸都被撕掉了。她感到很受伤害，但还是微笑着在霓虹灯照着的街道上行走。不过她觉得很好理解，男人们毁了这些海报，想必是被激怒了。最后，她终于又看到了几家旅馆。马利夫兰旅馆关着。卡瓦雷托旅馆好像挺贵，尽管在三等旅店的名册中，大理石装潢，而且那里至少有三个无所事事的穿着制服的人。弗兰齐丝卡赶紧走开了。她在玛宁旅馆询问时，一位热情的老门房说他们在这个季节当然是有空房的，一个房间的全部费用是1700里拉。听到弗兰齐丝卡说她还想再看看别的旅馆时，他耸了耸肩，但并没有让价。奇怪，这个独自出门的德国女人，她这么晚了才进来，一个人在深夜来到威尼斯，一定有什么地方不对，店主会埋怨我的。弗兰齐丝卡尴尬地走了出去。她显然已经没有多少钱了，她想在这儿干什么呢？不关我的事，可惜，她是那么可爱。他遗憾地看着她的背影。弗兰齐丝卡很快走出旅馆门口的灯光，现在她真的感到冷了，刺骨的寒冷持续袭来。她也感到很困，已经很晚了吧，她看了一眼手表，刚过10点钟，并不是很晚，但对威尼斯来说已经很晚了，这座冰冷阴郁的城市。弗兰齐丝卡走入一条有穿堂风的通道，突然发现自己就站在圣马可广场。也许我从来没有在一座城市看见过美的东西，原本这地方与我无关，而现在，突如其来地，我在一月的夜里闯进了圣马可广场。此刻，她不得不强行忍住，才不至于潸然泪下。行政官邸大楼的每一个拱门上都挂着一盏圆形的灯，还有一条由一百个小圆灯组成的灯链，从圣马可钟楼的三个墙面一直挂到圣马可时钟塔的墙上。广场上有一片宽阔的大理石，中间颜色深、周边颜色浅，如今几乎没有行人了。夜间，人可以在广场中央隐藏起来。而此时，行政官邸大楼的黄色灯光在亚得里亚海一月夜晚的银白色雾气中温柔地散开。来这儿是一个错误。当威尼斯有很多人时，这儿是一座博物馆，而没有人的时候这儿却失去了人情味。她沮丧地走向教堂，那里好似黑暗的东方洞穴与波浪。奇怪，圣马可大教堂并没有灯光。但她明白，人们不能同时给舞台和观众席照明，如果要照亮教堂，他们就必须关闭行政官邸大楼的灯。这古老的教堂，那就让秘密沉睡吧。沉睡，沉睡。总督宫的灯光汇聚成一片黄色的长方形，金色的宫殿外墙像船头一般朝黑夜和大海抬起它伟岸的身躯，这一切都使她再一次从困倦中走出来。铸铁与浅紫色玻璃组成的烛台正熠熠生辉，照亮着宫殿，使得宫殿上黄色和红色的大理石砖在夜晚发出冷冷的光亮，几近白金色，成为一座燃烧的冷傲墓碑。这光点燃了狡猾的人，那些几乎了解一切的人，狡猾且了解一切的冰冷的人。诡异的是，来到威尼斯后，这还是她第一次有这种想法，模糊的念头很快消失了。

她几乎绝望地沿着斯基亚沃尼堤岸行走，行至破旧的码头上时，终于找到了一家旧旅馆，房费最低要一天1200里拉，全包，但有暖气。"我的行李还在火车站。"弗兰齐丝卡说。当门房没有要她的证件就让她上楼时，她感到一阵轻松。与"玛宁"的老门房不同，他只说意大利语，年纪不大而且很友好，但是看不出具体的年龄，大概三十五岁，高个子，有一双善于观察却迟疑的眼睛，不动声色的眼睛。弗兰齐丝卡感到高兴，因为他直接给了她钥匙，并说"二层"。她看了看钥匙上的数字17，便走上楼。房间位于夹楼层，面向码头，窗最多只高出街道三米，几乎就像是住在大街上。弗兰齐丝卡赶紧关上几乎已经坏了的灰色百叶窗，拉好窗帘。取暖器还是冷的，弗兰齐丝卡打开阀门，暖气才渐渐上来。房间里有淡淡的旧墙纸和灰尘的味道，但至少是暖和的，甚至还有一盏床头灯。在这儿我可以晚上躺在床上读书。弗兰齐丝卡走过有同样陈旧气味的长走廊去了厕所，随后回到房间。睡着之前，她还听到外面几个行人在夜里的脚步声和说话声，这声音将她睡意浪花上的最后几位汽艇乘客像软木塞子那样漂移到她听觉的彼岸。

老皮耶罗，夜的尾声

　　银色，黑，冷，纸屑，清早，离开家，黑暗，我有烟斗，烟草，火柴，排水沟，湿，潮，黑，暗，只有银色，东方，我内心所有的冷，石油，绿色，破碎，如果我能在无眠的夜睡着至少我能看见梦并因此什么都看不见，街道，银色，蒙特卡蒂尼公司的黑暗无声的警报器现在响了而我已经走了，排水沟里肮脏的意大利面蓝色包装纸，明天我必须刮胡子如果鳗鱼进了鱼篓我明天能刮胡子，蒙特卡蒂尼公司的警报停止后的寂静，只有我的脚步，钥匙，我冻僵，冷，今天天气会放晴，冷冷的晴天，还没有酒吧开门，牛奶咖啡罐，罐，在大衣里，大衣太薄，寒冷，至少有围巾，玛塔，寒冷，玛塔织的围巾，毛线是玫瑰红的，玫瑰红的湿地，鱼篓冷鳗鱼牛奶咖啡不能保温黑暗的脚步。

星期六

与小狮子一起清点 / 一位威尼斯锅炉匠的可
怕遭遇 / 需要预付 / 勃拉姆斯和姐妹俩 / 与
一群聪明人的下午 5 点茶 / 玫瑰红的湿地

弗兰齐丝卡，清晨

　　旅馆的走廊上传来吸尘器的声音，弗兰齐丝卡醒来。清点存货，她立即彻底醒来，现在要全盘思考，清点存货，我已经不困了，现在事情变得严肃了。她看一眼手表的夜光屏，9点10分，她站起身，披上大衣，夹楼层，一个不隐蔽的房间。为了不被码头上的人看见，她只将手臂从窗帘间伸出去，够到百叶窗，把窗户打开一条缝隙。把窗帘和更宽一些的纱帘拉好时，她躲到了边上，然后又钻上床。床的位置正好，不会被斯基亚沃尼堤岸上的行人看见。我真笨，居然没有带睡衣和晨袍。如果我要去窗口或厕所，还必须将衣服全部穿好。她把被子拉至下巴，但也享受着透进屋子的冷空气。天是寒冷的，但没有风，没有太阳，就像昨天一样是棉絮般的冷空气。不能说这是雾天，因为你能看得很远。她清楚地看见远方没有影子的灰绿色的圣乔治·马焦雷岛，看见帆船学校里船只的桅杆，这些干净的船一直停靠在圣乔治·马焦雷岛上淡淡的、朦胧的空气中。弗兰齐丝卡感觉自己完全睡醒了。

那就清点吧。首先是手提包：钱在侧面的袋子里，口红，没有香水，但有一瓶很小而且还剩一半的薰衣草精油，偏头痛药，梳子，还没有使用过的手绢，香粉盒，两把钥匙，其中一把是多特蒙德家的，另一把是写字桌的小抽屉的。赫伯特现在会打开抽屉并找到约阿希姆以前写的信。那又怎样？只是一次小小的胜利。从约阿希姆的回信中他可以得知我爱过约阿希姆并且已经不再爱他了，我只是被控制了。人们是这样说的吧？啊，人们说的这一切都好俗气啊，一切无须他们仔细思考、与钱无关的事，都被保持在俗气的幻想状态。女人对他们来说是用来休息、用来展现或用来曲解的，特别是用来曲解，就像约阿希姆和赫伯特，但程度更甚。我清点到哪儿了？啊对，在钥匙这儿，一面小镜子，角上缺了一块，半块奶油巧克力，一支银色的旋转铅笔，一本带通讯录的笔记本，我只能把它扔掉。这是所有的东西吗？是，这是手提包中的一切。连一块香皂都没有，我不应该就这样从比菲跑掉的，要是把所有的事都思考过该多好。有一个放衣服的小箱子，准备好一些必需品，我还想带上几本书和我的香水。要是今天旅馆的人问起我的行李，我该怎样回答呢？

一艘离开威尼斯的浅蓝色货船从微微敞开的窗口经过。这喜悦的浅蓝色给朦胧的一天带来了太阳的感觉。当船尾出现时，弗兰齐丝卡认出了丹麦的国旗，船名是"佩妮莱·马士基"。在丹麦我会立即找到一份家政行业的高薪工作。在瑞典也行，或者在英国。意大利对找工作的人来说不合适。意大利人到德国能找到工作，但是一个德国人也能在意大利找到工作吗？我应该在多特蒙德与他了结的。但这件事就是这样在意大利发生了，昨天下午在比菲，在米兰的拱廊街，我无法改变它。

"佩妮莱·马士基"开走了。其次，清点衣服：我的灰色套装裙，铅笔直筒样式，裙摆大的裙子不如紧身的裙子那样适合我。套装的上装挂在米兰的酒店了，我昨天没有穿，而是穿了碧绿色的两件套，毛衣和外套，细毛线，颜色与我深色的红发和肤色很配，一位红发女人的肤色。有了这灰色的裙子、两件套，以及驼毛大衣的装束，我在所有的场合都有了得体的穿着。穿着这样的服饰，随便什么地方我都可以去。但我需要内衣和一双丝袜。我没有换洗的衣服。一时间，她对她的多特蒙德大衣柜有了愤怒的渴望。她立即做出决定，如果一切都过去了，如果我能如愿以偿，她要让人把她的外套和内衣寄过来。她当然清楚，"过去"和"如愿以偿"意味着什么。我想拿回我的衣服和书，假如我将来能做到独立生活的话。一定要快点做到，我已经几乎没有钱了。我忘记了什么吗？我的鞋子，与裙子很配的灰色的平底鞋。没有帽子。弗兰齐丝卡从来不戴帽子。

清点结束。钱的问题。18 000里拉和一些零钱。意大利咖啡馆里的早餐不贵：一杯卡布其诺和两个牛角面包最多要100里拉。一天一顿够了，我在旅馆房间里吃：面包、黄油、香肠或奶酪、一个橙子，我要去买这些，然后在旅馆要一杯茶，这所有的东西可能需要400里拉，也就是每天要600里拉。我必须买一把刀、一块肥皂、一条内裤、一双丝袜，需要1500里拉。旅馆每天1200里拉，全包。还有最起码的水上公共交通费。我还需要一些读物，以及用来找工作的报纸。也许我应该登一个求职广告。她精打细算，得出的结论是她只有5天，最多6天的期限。然后她突然想到了戒指。她看着它，一枚戒面很宽的金戒指，中间还镶嵌着三颗小钻石，赫伯特送给她的，不是婚戒。弗兰齐丝卡喜欢这枚戒指，赫伯特有眼光，这点必须承认。这枚戒指至少值700马克[1]，如果5天不够，戒指将可以延长期限。这是一个小小的虚假安慰，来自黄金和色谱的假象，宝石就是一种幻觉，威尼斯也是。

虽然很不情愿，但她还是起床开始穿衣服。她很想躺着不起来，但那是没有意义的，以躺着的方式在旅馆里消磨时光，只是因为我害怕外面，害怕无望的行动，害怕漫无目的地四处游荡，害怕威尼斯。穿上裙子和毛衣后，她走向窗口，拉上纱帘并透过它望着宽宽的斯基亚沃尼堤岸，望着楼下密密麻麻的行人，望着一小群从汽艇上下来或正要上去的人。天好像下着蒙蒙细雨，因为弗兰齐丝卡看见撑开的雨伞，黑的和花的，花伞把红色或蓝色映照到了伞下女人的脸上。有两个手挽着手走路的女孩，她们穿着宽松的红大衣。还有一位既没有穿长及脚踝的长袍，也没有戴帽子的神气的年轻牧师，手臂下夹着笔记本匆匆走过。大多数人都穿得整齐而不显眼，他们安静、谨慎地走

___
1德国、芬兰等国旧本位货币单位。

50

在雾蒙蒙的空气中。威尼斯像一座北欧的城市，黑色贡多拉的钩嘴形船头时上时下，沿着码头滑行。从安康圣母圣殿后面出现了三条拖船和一艘雄伟的白色客轮，可以确定客轮的名字是"奥索尼亚"。弗兰齐丝卡记得德国报纸上的广告，"乘奥索尼亚从威尼斯到希腊和埃及"。我必须去船务公司问问他们是否需要会四种语言的翻译，可是我没有带着证明文件。我真是傻，就这样跑掉了。"奥索尼亚"开过去了，在圣乔治·马焦雷岛的上空出现了一架巨大的四引擎轰炸机，它先是低飞，随后消失在朱代卡岛上的房顶后面。

弗兰齐丝卡转身叹着气离开了窗子，开始洗漱。因为没有肥皂，她只能用冷水冲一冲脸部。我也没有牙刷和牙膏。在擦干脸部的时候，她在脑中的购物单上记了一笔，然后扑粉，仔细涂上口红，穿好衣服下楼去。交钥匙的时候，看门的人并没有问什么，这个人不是昨晚的那个人，他们换班了。白天的门房与昨晚在"玛宁"的那个人一样大的年纪，而他不知道她没有带着行李。弗兰齐丝卡轻松地走了出去。

她沿着斯基亚沃尼堤岸走着，过了通往圣马可小广场[1]的两座桥，然后沿着圣马可大教堂的外墙走。哪怕是在这冰冷的一月天，依旧有一群群人在教堂前站着，不过大多数是当地人，穿着黑色衣服的威尼斯人，被成群的浅棕色鸽子叽叽喳喳地簇拥着。弗兰齐丝卡讨厌圣马可大教堂前的鸽子，她不喜欢鸽子翅膀刺耳的噼啪作响声，以及它们起飞时的尖叫。她匆忙走过，进了圣马可时钟塔下的一家咖啡馆。里面是暖和的，有咖啡的香气、从意式咖啡机中冒出的热气，以及大玻璃窗上的雾气。弗兰齐丝卡突然感到自己是那么饿，从昨天中午到现在，除了昨天晚上刚到威尼斯时吃的那份三明治，她还没有吃过什么东西。她在女收银员那里点了两个牛角面包和一杯卡布其诺，先趁热吃了酥脆的牛角面包，然后靠到两扇大窗中的一扇边，慢吞吞地喝着有奶泡的热牛奶咖啡。她用手套擦去银色的雾气，使玻璃上有了一小块透明的区域，能让她看见在咖啡馆和教堂之间的那两只小狮子。那两只大理石狮子奇怪而笨拙，弗兰齐丝卡喜欢它们。在威尼斯时，她会觉

1圣马可小广场位于圣马可广场的南边，其西侧是总督宫，南侧是威尼斯大运河，河边有两根著名的白色石柱，其中一根柱子的顶端立着展翅欲飞的圣马可狮子雕像。

得永远看不够它们。小狮子一定是世界上最奇妙的玩具动物。也许我现在有一个小孩了？这个想法驱散了咖啡馆的温暖、对美味的热咖啡的记忆，也驱散了吃饱的感觉。这个想法把她的思绪变得像她的目光一样呆滞了，她的目光没有在圣马可大教堂褪色的浅棕色墙上得到回应。如果现在找到一份工作，在一个陌生的国家，而后又马上怀孕，独自在陌生人中挺着一个大肚子。受惊的目光回到小狮子上，回到奇怪笨拙的玩具动物上，并停留在那里，直到弗兰齐丝卡发现那只是被缩小的奇特的怪物，邪恶的红色恶魔，从大教堂的肚子中出来的血淋淋的胚胎。什么都行，只要不是怀孕。她震惊地转过身，把空的卡布其诺杯子放在咖啡机前的吧台上，咖啡机此时正在水汽柱下嘶嘶叫着。

法比奥·克雷帕兹，上午

昨天晚上忙到很晚。在系列演出中的最后一场——《诺尔玛》——结束后，为了再喝一杯葡萄酒，法比奥·克雷帕兹去了伍果那里，但因为罗斯的事，他比原定计划多留了一会儿。如果人太晚睡觉，而且还听了那样的故事，是不可能熟睡的，他这样认为。此时他正在新街上挤满鱼商和菜市场工人的破旧咖啡馆里接过他的意式浓咖啡。昨晚走出来后，他在这夜晚的冷空气中冻得发抖。他想要去看朱丽叶。咖啡馆里有半潮湿的大衣和男人外套的热气，衣服中还有鱼腥味。今天上午没有排练。法比奥·克雷帕兹与大多数上晚班的人一样，习惯不吃早餐，而是在上午比较晚的时候，在快到中午的时刻喝一杯黑咖啡。他打开放在咖啡杯托盘上的糖纸袋，把糖撒到了咖啡里。

另外，伍果也把他耽搁了，昨天晚上。"教授还想与你谈一次。"他通知法比奥，当法比奥回答说这没有意义时，他急了。只有少数的几个晚上，法比奥从凤凰歌剧院出来后却不来伍果这儿。他经常是独自站在吧台前，偶尔与伍果聊几句，或者与其他朋友，与和他年纪相近的人交谈。他们不约而同地到莫罗西尼广场的这个酒吧来，因为这是伍果的，尽管这个酒吧没有什么特别吸引人的地方，尤其是那地上铺着冰冷的灰色瓷砖，上面摆放着廉价而普通的家具，镀铬的椅子和桌子已经成为被用旧的金属片了，墙上有几面模糊的镜子，还有已经破损的斯特雷加酒和金巴利酒的广告。尽管法比奥反对，但伍果还是放了一个足球游戏机，时不时有小男孩们在那里吵吵闹闹。

法比奥没有兴趣与伍果谈论关于贝尔达迪教授希望有一次谈话的事。贝尔达迪还在从政，而他，法比奥，已经脱离了政治。他们两人有大致相同的政治观点，只是贝尔达迪还在继续，法比奥不参与了。教授和伍果一而再，再而三地提这事，根本没有用。与伍果谈这事也完全达不到目的，因为伍果还留在党内，即使他已经根本无所谓了，但还是不能摆脱过去的忠诚，无法效仿法比奥和教授，与党脱离关系。伍果是忠诚的。因为身材高大，当他换杯子时，他身上的白色围裙像一面旗子般摆动，同时他那灯笼一般大的黑眼睛充满责备地盯着法比奥。有时，当法比奥望着伍果的围裙时，他会想，伍果是走过了多少路的人啊。他回忆起他们曾一起在布鲁内特的野战阵地或者瓜达拉马山上躺着。幸亏罗斯中断了昨晚的讨论。法比奥喝完意式浓咖啡，把杯子放回了吧台，拿出香烟。他不情愿地望了一眼外面新街上寒冷的白雾，他还没有走出去的心情，尽管他很想去看望朱丽叶。

一位威尼斯锅炉匠的可怕经历

朱塞佩·罗斯是一位锅炉匠和壁炉专家，昨天晚上他到伍果的酒吧来了，点了一杯渣酿白兰地。所有经常来伍果酒吧的人都喜欢朱塞佩，尽管他长得有些怪，一张苍白的瘦脸，脸上还有黑色的沟。朱塞佩的脸上没有皱纹，而是沟。他看上去是一个经常与铁打交道的人，但更重要的是他看上去像壁炉的内部，像苍白而模糊的洞穴，而在它的裂缝和墙缝中还沉积着烟灰。朱塞佩知道许多威尼斯房子里的这种秘密通道。

"你什么时候开始喝白兰地了？"伍果问他，"我都不认识你了！"

大家都看见朱塞佩喝了一口渣酿白兰地后抖了一下身体。

"我又把今天的晚饭全部吐了。"他说。

"去看医生！"法比奥说，"可能你的胃有什么问题。"他想，旁人看不出朱塞佩·罗斯会有什么病，他看上去与往常一样苍白。

"今天下午我被叫到圣阿尔维斯教堂的撒肋爵会神父那里。"朱塞佩说，他并没有回应法比奥的建议。

"这与你的不舒服有关吗？"伍果问。

"在大门口有一个跟你一般高的人等着我，"朱塞佩对伍果说，"但他看上去与众不同。他看起来就像是上帝本人。"

"亲爱的上帝是不存在的。"伍果生气地说，几乎暴跳如雷。他那白色的超大围裙在剧烈晃动，但洗着杯子的手还一如既往的和缓。"他从来就没有存在过。即便他存在，那我也不想与他长得一样。"

"后来我注意到，他是修道院的院长。"朱塞佩说。"他把我领到食堂并对我说，壁炉的排风系统已经有几个星期不正常了，烟总是被灌回到餐厅。我们站在食堂时，有一只公猫走进来。"他补充道。

"一只公猫？"因为朱塞佩·罗斯说这件普通的事时特别强调了一下，所以法比奥惊讶地问了一句。

"一只巨大的黄色畜生，"朱塞佩回答，"我讨厌黄猫。"

"因为他们没有女人，这些黑衣人，他们只有猫。"伍果说。

"它先是围着院长蹭来蹭去。那神父穿着一件平整的黑色外衣，其实也算不上外衣，而是垂到脚踝的长袍。"他沉思地说，"撒肋爵会教徒都是很有学问的神职人员。修道院的院长看起来也是位很有学问的先生。"

"我想，他看上去像是亲爱的上帝，那个不存在的上帝吧？"伍果嘲讽地插了一句。

"是的，像亲爱的上帝，像一个有学问的先生。他看上去不像……"法比奥注意到朱塞佩迟疑了，"……不像彼得。"

"啊哈，"伍果说，"于是你就感到不舒服了？"

"当然不是，"朱塞佩说，"你不能等等吗？"他的思绪完全在他的故事上，所以根本没有听出伍果不屑的语气。"那只公猫，"他讲述道，"用它恶心的黄毛蹭着院长的长袍，然后蹲在壁炉前，对着壁炉发出很恶心的尖叫。当时我当然没有注意到，后来我才察觉到这些。我看了一下壁炉，那已经不是真正的壁炉了，已经不通了，因为他们在里面装了一个铁制通风箱，并把它推到上面离炉栅只有一个盖子距离的地方，因此这壁炉必须要修。我问院长这个箱子装在这里面多久了，然后他说'三年'。于是我说，那可能就是在箱子后面，从墙内通到外面的管子和开口处脏了。他说他也是这样认为的。我问他墙后面是什么，他说'运河'，而且墙上的洞口至少高出水面三米，从外面是没有办法上去的。我说那我必须把整个箱子拿下来。他说我如果觉得可行就尽管去做。因为回灌的浓烟，他们几乎没办法在食堂吃饭。在我们谈话的整个过程中，那只黄畜生时不时地在壁炉前叫喊。要不是那位尊敬的院长神父在场，我一定会踢它一脚。"

所有在伍果酒吧的人都在听他的讲述。锅炉匠喝完他的渣酿白兰地，又抖了一下身体。伍果没说什么，只是递给他一杯红葡萄酒。

"我检查了箱子。这样的箱子只要在底部装上炉栅，然后把箱子放在上面，装服帖就行，方便在必要时随时取下。但大多数人都弄错了，在箱子底部抹上水泥。笨！"他激动得停顿了一会儿，然后继续说："于是我开始砸下面的那一圈水泥。院长走出去了，但几个修道士进来看着我干活，所以我也不能把猫赶走，它有好几次像疯了一样要爬到光滑的铁架子上去。它像一条狗那么大……"

"……而且像一头猪那样肥，"伍果打断他，"它肯定像所有修道院中被阉割了的公猫那样肥。"

"不是。"朱塞佩说，"它并不肥。它也一定没有被阉割。它浑身都是肌肉，有中等个子的狗那么大。我忽然间害怕它了，想要看一下它。当我看见它的脸和肌肉时，我知道自己是不可能赶走它的。此刻我也注意到院长神父正站在我身边，尽管我只能看见他的脚，因为我跪在壁炉横梁上。我听见他说：'这畜生怎么了？''也许它嗅到老鼠了。'我听见一个修道士说。我在壁炉里笑，也想说什么，但我听见院长神父替我说了。'胡扯，'他说，'如果一只猫嗅到老鼠，那它会很安静。'我想，这不仅是一位有学问的先生，而且是一个真懂点东西的男人。但即便是很有学问的人也可能不知道猫发现鼠洞时的表现。"

"继续说！"伍果说，"我们已经知道他就是上帝本人。"

"我很快就把水泥圈砸碎了，于是我站起身想要取下箱子，但这并不简单，那东西很重，而且铁已经生锈，我花了很长时间才让它松动。这期间，那只黄畜生站在我身旁。我说它是站着，是因为它不像平常的猫那样坐着等什么东西，而是伸直后腿站着，而且我看见它的前爪也伸着。我请一个修道士和我一起把箱子拿下来，在我们托住箱子把它往边上搬的时候，我不得不给那只猫一脚，因为它站在我的脚边不肯离开。它跑了几米逃到餐厅里去了，然后尖叫着站立起来看我，好像要向我扑来。"朱塞佩·罗斯停了下来。"我想我应该继续讲下去，"他说，"但那很倒胃口。"

"我们所有人的弦都稍稍绷紧了，"伍果说，并看一眼站在吧台前的男人们，"而且我们最喜欢有人在故事的正中间停下来。"

"快把壁炉后面的尸体搬出来！"法比奥说，"我们不怕。"

"没有尸体，"朱塞佩说，"我们，那个修道士和我，刚把箱子搬开，我就看见通向外面的通风口完全被堵塞了。壁炉根本没法通气，被堵得死死的，有草和其他各种脏物。随后我注意到里面有东西在动。起先，因为积满东西的通风管道里很暗，我还没有看清那是什么。然后，我看见有个尖尖的、发亮的东西在动——一只老鼠的嘴。"他拿起葡萄酒杯，但没有喝，而是过了一会儿又把它放回到桌子的锌板上。

"我后退了一步，"他继续说，"正想对院长说我看见了什么，但此刻那只猫也已经过来了。它像一颗子弹一样蹿到毫无遮挡的壁炉后墙边，我以为它会一跃而起钻进通风管道里，但它却刹住，蹲伏在洞下的地板上。它趴在地上，伸着前爪，头向上抬起，尾巴直直地竖着，然后就完全不动了。我想，修道士们、院长还有我，大家都完全惊呆了，因为在管道口出现了一只老鼠……一只老鼠，我说……"

锅炉匠盯着伍果身后的墙，如果这时在他的瞳孔中出现那只老鼠的重影，法比奥不会感到惊讶。

"我这个职业经常会碰到老鼠，"朱塞佩说，"我这个职业而且又在我们这样的城市。但你必须相信，我从来没有见过这么大的老鼠。它站在上面，在那个洞口，把洞口完全塞满了。真不知道它是怎样从壁炉中出来的——它晚上总是要出来的吧——我完全猜不透。无论如何，它就是站在那上面，它的毛不是灰色，而是白色的，恶心脏脏的白，那只黄猫站在它下面并发出嗥叫。但我还没来得及转过头，就听见院长神父对一个修道士说：'布鲁诺神父，您快拿把铲子来。'然后他又补充道：'您出去和进来后，请把门关上！'我必须说，那个人的稳重也消失了。"

"接下来的事发生得很快，我告诉你们，当老鼠下来时，修道士们的黑长袍开始沿着餐厅的白色墙壁跳舞，我也跳了起来，只有院长很冷静地站着，观察着整件事。老鼠先试图逃跑，但猫当然很快用爪子抓住了它的背，于是它决定反扑。老鼠也没有其他选择。这时候，老鼠已经在餐厅了，大家能看到它到底有多大。它当然不是像猫那么大，但相对于一只老鼠，它是超级大的。它是一个怪物，一个脏兮兮的白色的怪物，肥而敏捷。猫也是一个怪物，一个恶心的肌肉发达的黄色怪物。你们见到过一只老鼠抓一只猫吗？"

没有人给他答案。伍果终于停下了他永远也干不完的洗杯子的活儿，所有人都看着脸色苍白的锅炉匠。

"它们从下面出来，"他说，"这只鼠转过身并钻到猫的身体下，然后咬住了它的颈部。猫像疯子一样在餐厅乱窜了几圈，但是它甩不掉老鼠。一开始血像小喷泉一样从它的颈部向上喷出，然后就变成一滴一滴的了，猫只能用爪子和牙齿撕扯老鼠的头皮和背上的毛。猫血和鼠血把整个餐厅搞得很脏。有几个修道士在这恐怖的一幕前恐惧地喊叫着。"

"简短地说！"伍果的一位客人说。另一个也说："我们也不需要知道得那么详细。"

"我提醒过你们的，"朱塞佩反驳道，"我已经讲完了，只是还要补充一些关于那个院长的事。当我们几乎忍受不了的时候，从走廊那边传来脚步声，布鲁诺神父拿着一把铲子进来了。看见眼前发生的事，他震惊地站着不动了，但院长只跨一步就到了他的身边并从他手中接过铲子。我以为院长想用铲子打死老鼠，但他却做了另外一件事。他把铲子插到两个动物下面，它们此时正在餐厅的中央打架，打斗已经变得缓慢了，它们纠缠在一起。但铲子太小，装不下两个疯了的大畜生，而它又不放过对方，于是就挂在了铲子的左右两边，一个是恶心的黄，另一个是肮脏的白，两个都血淋淋的。突然院长对我们吼道：

'别光站着！打开一扇窗！'于是我打开餐厅的一扇大窗，院长举着铲子走到窗前把那两只畜生扔了出去。我们听见它们掉进运河水中时的扑通声。除了院长，没有人向外面张望。然后他向我们转过身，把铲子还给布鲁诺神父并说：'请您把血洗掉！'再对其他人说：'拿水桶和拖把来，以便我们将餐厅迅速清理干净！'他又对我说：'您认为这个壁炉到晚上可以修好吗？'我说'可以'并开始工作，过了一会儿我才想起来要去趟厕所。"

"致敬，"伍果说，"我送大家一轮渣酿白兰地。谁不想要？"没有人说不要，然后伍果把酒杯放在了吧台上。

"那个院长是一个真正的男人，"朱塞佩说，"他不仅有学问，而且有见识。他不仅仅是嘴上说，他也做。他是我们中唯一一个看清这件事，预料到要做什么并且做了的人。"

"简单地说，一个像亲爱的上帝一样的男人。你不必再次强调。"伍果说。

"你们会觉得奇怪，"朱塞佩·罗斯，那锅炉匠说，"当那两只畜生厮打成一团时，我们从一个角落逃到另一个角落，他却平静地站在餐厅，双臂交叉。我甚至有那么一刻心里想过：这不是一个人。"

晚上很晚的时候，法比奥和朱塞佩一起回家。罗斯住在圣撒慕尔堂附近，因此他们可以一起走一段。当他们在朱塞佩家的作坊前告别时，锅炉匠突然说："他毕竟也还是一个人。"

"你是说那个神父？"法比奥问。不等朱塞佩回答，他又补上一句："他肯定是一个人。"

"他的表达比较奇怪，"朱塞佩说，"当我离开时，他向我伸过手来并问：'您现在好些了吗？'而当我点头时，他同情地说：'这些不理智的动物！'然后他又问我：'您不认为上帝应该给动物多一点理智吗？'"

法比奥惊奇地叫了一声。

"这不是一个很奇怪的问题吗？"朱塞佩说。

"这个问题来自一个修道士，那就有点奇怪了。"法比奥表示赞同。

"而他看上去真的是一个虔诚的男人。"朱塞佩说，"我不知道该如何回答他，我认为他也不是要等待一个回答。但我现在问自己，法比奥，一个虔诚的人，真正虔诚的人，并不一定要相信上帝所做的一切，这是否可能。"

这一夜就像无数个威尼斯的夜一样：安静。安静，但并不死寂。法比奥听见大运河的水拍打着圣撒慕尔堂附近的码头。

"我不知道。"他回答。

然后他沿着新街走回家去。快到早上时他做了一个梦，梦见在潟湖的水中游着一只鸭子，它其实是用涂了焦油和油漆的芦苇做成的，头部是木制的，就像捕鸭人常用的那种假鸭子。那样的假鸭子通常是毫无生气地在波浪上摇晃，法比奥梦中的鸭子却有着像玩具机器一样的生命：仿佛在它的内部有一个微小的马达或者发条，带着它漂游在水上，并在前方卷起一些波浪。鸭子后方的水中有巨大的漩涡，漩涡在一个死人的脸上卷起绿色和白色的泡沫。那是一个有白发的男人的尸体，鸭子在橄榄绿的潟湖水面上拖着他，他的拳头紧紧抓着一根绕着鸭子身体的绳子。整个梦里都是大运河上那只拖着一具老年男人尸体的慢吞吞游着的假鸭子。诡异，法比奥醒来后还在想，这种轻巧的鸭子玩具竟有这样强大的力量。然后他想到了他的父亲，并为他祈祷。他思考着，他是否应该希望父亲在工作中死去，但他立刻打消了这个念头。他想到要是这样的话，父亲的尸体将不会被找到，因为潟湖太大，也许尸体将会被北风吹到蓬塔萨比奥尼，并随着退潮的潮水漂进大海里，那么母亲会有多少痛苦啊。

　　法比奥想，这一定是因为太晚睡觉而产生的梦。于是他最终决定去看朱丽叶。他离开咖啡馆，又像晚上那样沿着新街走，但这一次是朝相反的方向，在冷飕飕的白雾中他有些发抖。他走过鱼摊、服装摊和书摊，在马利夫兰剧院左拐，来到一个小巷与桥梁纵横交错的地方，朱丽叶住的卡非迪街就在其中。

弗兰齐丝卡，下午

弗兰齐丝卡在外面闲逛了一阵，最后买好了东西，大概下午1点钟回到了旅馆。她在行政官邸大楼下读了报纸上的广告，有正在招人的工作岗位，但从广告上看不出是否适合外国女性。那是一些匿名的广告，只有几个招女工的意大利北部的工厂写了名字。我必须登一个广告，但这又是无意义的，我不能提供任何文凭。谁会要一个不能提供文凭的外国人呢？她进了一家旅行社，想知道她应该到哪里去问外国人在意大利找工作的条件，尤其是到哪里可以得到工作许可。他们告诉她要去财务局的外国人办事处，甚至还为她打电话去询问，被告知那里星期六上午不开门。弗兰齐丝卡感到一阵轻松，她可以把事情往后推。一切都要等到星期一才能办，我为此感到高兴，我是软弱的。不过直到星期一什么事都不需要做的想法真是让人感到高兴。星期一我将是勇敢的。她的紧张情绪一下就放松了下来，她去散步，心中对星期天有一点点害怕。她讨厌所有的星期天，因此她更享受星期六的散步，在熙熙攘攘的人群中买东西，享受不用工作的日子。她走在科雷尔博物馆后面的小巷里，这是她昨天晚上走过的地方。她第一次感觉到，自从她到了威尼斯，男人们都在注视她。她走过小桥时，他们会吹口哨，像昨天晚上那两个跟着她的水手那样，但这次她不害怕。经历了逃离后持续不断的紧张心情，再次感受到男人的目光甚至让她感到轻松。他们的口哨让她想起作为一个普通女人的轻松感。她知道这些年轻人在想什么，一个红发女郎，红发女郎是火辣的。但这不可改变，男人们就是这样，而且他们也不是没有道理，我是挺火辣的。如果男人做得很好，我是很容易被诱惑的，因此我总是让自己很难被诱惑。但事实是，我真的对此很渴望，这是一种美妙的享受。弗兰齐丝卡迷路了，当她又从狭窄的小巷来到宽阔的莫罗西尼广场时，她感到愉快。

她从学院桥上过了大运河，在安康圣母圣殿后面一片狭小、人也不多的三角地随便走着。运河里，一艘艘带银色圆拱的贡多拉停靠在一排红房子前。在一个砖石结构的旧玻璃工坊中，巨大的火炉里燃烧着明火。一群人站在明火前，他们沉浸在讨论中。尽管她停了下来并出神地看着火、昏暗的大厅以及男人们的身影，他们却没有注意到弗兰齐丝卡。然后，她去了一条分布着数座宫殿的小巷，参观了诗人雷尼耶的故居，以及美国女艺术收藏家的宫殿。我想要发出粗鲁的喊叫，并说出我想看看毕加索还有格里斯、克利和莫迪里阿尼的画作，我是多么矛盾啊，我也想去参观一些东西。美国领事的寓所有极具艺术感的铸铁和玻璃大门，人们可以透过大门看到走廊，走廊的尽头是面朝大运河的开放式阳台。这是威尼斯最好的住宅区，能俯瞰到圣马可小广场，但很隐蔽，势利小人的理想居所是中心地带的死角。弗兰齐丝卡在安康圣母圣殿那边乘坐渡船到了圣匝加利亚教堂，到了人群中，在旅馆后人群拥挤的小市场上买东西。她买了一把刀、一条内裤、一双丝袜、一块肥皂、一把牙刷、一支牙膏、一些面包、一百克黄油、一百克奶酪、一磅苹果。她还成功地把这些东西塞进大衣口袋或是隐藏到对折后的报纸下面，这样当她进旅馆时就不会引起人们的注意。1点钟。她数了数钱，确认花了3000多里拉。现在我还有15 000里拉。

她很饿，但如果我熬到下午4点钟，那我就可以不吃晚饭。她躺到床上睡着了。当她醒来时，外面已经昏暗了。她看一眼手表，4点多了，在这雾蒙蒙的天气里，黄昏早早来到了。外面不断传来的脚步声冲散了房中的倦意、对前途的迷茫和她周身的孤独，上午舒坦的轻松感是自我欺骗，我去散步了，而没有做点什么。但饿的感觉很难受，她起床、按铃，请女服务员为她点了一杯茶。然后她又关上百叶窗，拉好窗帘并开了灯，灯光模糊。服务员送来茶，在灰暗的灯光下，弗兰齐丝卡就着茶吃了几片面包和两个苹果，用了一半的黄油和奶酪。这样的话明天还够，至少到星期一我才需要再去买吃的。她感到吃饱了，吃完后，她点燃一支烟。这是从昨天到现在的第一支，烟不是非抽不可，我还有8支烟，得省着抽。她关上灯并打开百叶窗，靠着窗抽完烟，又点燃一支新的，并长时间地望着外面。水上巴士站的浮桥上已经有路灯亮起，路灯在贡多拉的黑影之间投射出一圈圈摇曳的黄光。

将近6点时，她走了出去，在黑暗中随便转转，到人群中去。当她去交钥匙时，门房在大厅里叫住她。又是昨天晚上的那个人，高个子，看不出年纪，并且有一双审视而漠不关心的眼睛。

"您的行李呢？"他问。

他显然是查过她的房间或让那个女服务员去查了。弗兰齐丝卡想了一下。像他这样的人什么也不会相信。

"我没有行李，"她回答，"我需要的东西都随身带着。"

"您计划在这儿住多久？"他问。

"几天。"

"我能请您预付房费吗？"那个男人问，他的表情没有任何变化。

"这可不合乎常理。"弗兰齐丝卡冷静而高傲地说，现在一定要做到面不改色，否则我就输了。按照她作为女秘书的习惯，她很轻易就摆出姿态。她认为这是很淑女的，但是一个真正的大家闺秀在这种情况下将是一个失败者。

"您看，"那个男人说，"我们只是一家小旅馆。"他是不动声色、淡漠，却不好说话的人。"您应该能理解，如果客人没有行李，那么我们需要有保障。没有行李的客人可以随时离开不再回来。"一个好主意！我根本没有想到过的好主意。但对这个旅馆来说，已经来不及了。

"我看上去像不付账的人吗？"她问。

"但是女士！"门房遗憾地抬抬手。她看上去像一个在紧急情况下会不付账就消失的人。她很漂亮，一个有红发的女人。如果我想要与这个女人发生什么关系的话，她就不需要付账，假如她手头紧的话。

"呵呵，"弗兰齐丝卡说，"您似乎对人没有多少了解。"这是最后一次尝试。她已经把几千里拉拿在手上，但还存有一丝希望，他也许会说：不必了！她迟疑了几分之一秒，然后看见一张缓慢流动的橡胶般的脸。"给您开一张三天的账单！"

为了隐藏住她的激动，当他写账单时，她在旅馆的接待室走来走去。她在一个玻璃柜前停下，里面展示着普通的蕾丝饰带。现在我只剩最后一点生活费，我不能错过任何一个招工广告了。她估摸着他已写完账单，便又回到小屋里。他递给她账单。

"请付4500里拉！"他说。

弗兰齐丝卡盯着那张纸，他按每天1500里拉结账。"您说过每晚1200里拉！"她竭力掩饰自己的激动。

"当然，女士。"他用他的黄色复写笔指着账单和数字，她愕然地看着其中一栏，根本不愿接受。"不过暖气费是另付的。"

她知道，在这种情况下她无可辩驳。她像盲人一样在手提包里搜寻着，把已经拿在手中的钞票塞进包里，然后从两张5000里拉中抽出一张，把它放在柜台上。没有一丝为拒付暖气费辩护的痕迹。她只有打起精神，不想别的，避免自己突然做出疯狂的反应。

他找给她的500里拉是5个银闪闪的100里拉硬币，她推回去3个作为小费。当他礼貌地道谢时，她知道自己犯了一个错误。我应该不给或全部给他。不给，那他会以为我生气了；全部给他，他会以为我有足够的钱。但现在他知道了我必须精打细算。

她在旅馆前站立了几分钟。天冷，空气是潮湿的，但弗兰齐丝卡发抖并不是因为冷，而是因为此刻她心里感到很难过。只有最后的10 000里拉了，而且人们看透我了。我就像一个被要求预付账单的人。

　　不得不投降的事实打败了她。用一张德国使馆的车票回多特蒙德去。一次逃亡的结果：在这样一个敲竹杠的旅游城市受了几天的羞辱，还有此后赫伯特的微笑，约阿希姆那礼貌而冰冷的满意表情。她慢慢走上一座宽阔的大理石桥，桥横跨一条运河，运河在旅馆的右边将斯基亚沃尼堤岸截断，最后在沿着码头筑起的围墙边流进潟湖。路上有很多人，这是星期六的晚上，大烛台上的光照射到堤岸上，弗兰齐丝卡看见港口、水面，还有朱代卡岛上房子里的灯火。她经过孔雀酒店，这家豪华酒店的大窗上挂着大幅的纱帘，使每个窗口都闪着暖暖的黄色亚光。这曾经是我的世界。酒店在一月冰冷的天气中显得封闭又萧条。与赫伯特一起我就能进去，她想起孔雀酒店的茶室，在赫伯特研究旅游指南的时候，我喝着茶，翻看《时尚》杂志或调情。不管怎样，远离廉价旅馆中满是灰尘的蒸汽锅炉的味道，穿漂亮讲究的服装，精细地吃，安静地读，与风趣的男士打交道。如果你不属于能旅游，有漂亮房子和很多藏书，喝得起高级饮料，请得起好医生的一族，那么你没有过上好日子。弗兰齐丝卡犹犹豫豫地走过孔雀酒店，停下来并心不在焉地望着叹息桥，桥下的狭窄水道把桥身映照得光亮无比。如果你想在孔雀酒店喝茶，你不需要很有钱。我从来没有钱。我一直只是个还算出色的女秘书，赫伯特是一个还不错的代理。但是人会突然开始到孔雀酒店和好的裁缝那里去。这并不是你自己"通过工作爬上去"的，相反，你会觉得这一切都带有欺骗性，带有些许卖弄和利己主义。在短时间内炫耀自己，后来又觉得无聊，但是你会一直这样下去，不是因为你怕脏怕穷，而是因为你想要逃脱纯净的苦难，想星期天开着小汽车去郊游，想以会员的身份购买剧院戏票，想拿月工资。在奢侈的生活和纯净的苦难之间没有其他的选择吗？一定有第三种选择！她把手伸进大衣口袋里。星期三或星期四之前，我能否成功地找到这第三种选择呢？在我用完10 000里拉之前？她想继续走她的路。至少目前必须与孔雀酒店告别。

在这一刻，她想起了与门房对话的场景，她有点惊慌地望着从身边经过的人，然后转身往回走了几步。发亮的深棕色木质窄门无声地为她打开，她穿过木门进入了豪华酒店。

法比奥·克雷帕兹，中午

在法比奥按响了卡非迪街一栋老房子顶层的门铃之后，西莉亚给他开了门，朱丽叶的妹妹。法比奥只见过西莉亚两到三次。她比朱丽叶小一岁，今年二十，看上去很鲜嫩妩媚，有一张青涩而阳光的脸，她的魅力还没有完全舒展开来。她在帕多瓦学医。朱丽叶曾经告诉他，上学期间西莉亚每天早上坐车去帕多瓦。

"真是个惊喜啊！"法比奥说。他从来没有在朱丽叶这儿遇见过她。姐妹俩并不疏远，但西莉亚是家里的乖孩子，而朱丽叶却是家里的叛逆者。

她没有看他一眼，而是说："朱丽叶在家。您请进来吧！她还在床上。"

法比奥笑了笑，尽管他从她的声调中听出，她有些难以接受他与她姐姐的关系。他听见屋内有音乐。朱丽叶的公寓只有走廊、厨房和一个单间，但这单间像一个小厅。他听了一会儿音乐。勃拉姆斯，他听出。

西莉亚消失在小厨房，显然她刚才也是从那里出来的，因为她还围着她姐姐的围裙。法比奥脱下大衣，把它放在走廊里的一把椅子上。到朱丽叶那边去之前，他看了看厨房。

"您在这儿做什么呀？"他问。

"早餐。"西莉亚回答。在烧水壶冒出的热气中，她显得很放松，比在门口时更随意些。

"6分钟，"法比奥说，"请务必精准！"

她茫然地看着他。他走近她，轻轻地把手放在她的臀部并亲吻她下巴的左侧，很靠近嘴唇的地方。然后他说："我的鸡蛋。"

他如此自信和迅速地完成了他的小伎俩，以至于她出神地站住了。我的惯用伎俩，他想，这个伎俩最好的一点就是，我根本不用事先思考，它来得自然。她屏住呼吸看了他几秒后，做了一件他绝对没有想到的事：她向他吐了吐舌头。

他只是想飞快轻巧地触摸，没有别的意思。触摸可爱拘谨的小姑娘的那种愿望，让他，自然也一定让她感到惊讶。现在，当他与她从一个礼貌的关系转化为另外一种后，他感到紧张气氛消退了。他转身离开了厨房。

他打开小厅的门，屋子最远处的一角是朱丽叶的床，他能听清楚音乐了。朱丽叶抬眼望着他并笑着，她不说话，而是伸着右手食指画了个圈。法比奥听话地转身关上门，等着她穿上宽大的晨衣。他用直觉猜想着她什么时候穿好，然后转过身，看到她正踏着红色的石砖地板朝他走过来，赤脚。她拥抱并亲吻他。当她抱住他的颈部时，他感觉到她身体散发出柔软的暖意，光洁发亮的皮肤描摹出她的肩膀、手臂和乳房的轮廓，这些都比她淡淡的香水、黑白条纹的真丝睡衣和晨袍更刺激。她像她的妹妹一样瘦小，但西莉亚只是瘦，而朱丽叶几乎是骨瘦如柴，带电的骨瘦如柴。法比奥用手挑起她的几缕黑发。"宝贝，"他说，"如果你这样一直站下去，你的脚会冷的。"他轻声说着，不干扰音乐。

她踮起脚尖，快速模仿了几个简单的芭蕾动作，收紧手臂，高抬肩膀，走回床边并钻进了被子，没有脱下晨衣。随后她安静地躺着，被子一直盖到下巴。法比奥发现她在仔细倾听，她完全沉浸在游戏中。

他静静地走向两扇窗中的一扇，那里放着带唱机的收音机。他看着朱丽叶放在窗台上的唱片套，勃拉姆斯，钢琴与弦乐五重奏（作品34号），此时正在播放柔板乐章。法比奥佩服小提琴能连续演奏出如此清晰的延音。齐佳诺五重奏组合。他们把勃拉姆斯的伤感隐藏得很深，将它演奏得很青涩，甚至是干涩的，他们用一系列很纯的旋律变化来表现他对人类的信仰架构。法比奥想，这应该是19世纪最好的音乐。一个创造音乐的理想主义公民，但不虚伪。自由向上而振奋人心的文化，勃拉姆斯曾相信这一点。当法比奥听到勃拉姆斯的优秀作品时，他会被深深地吸引。它们都很好，如果没有被悲伤所破坏，"勃拉姆斯'伤感的大胡子'在二重协奏曲中沙沙作响"，这是法比奥的朋友，一位评论家曾经写的。法比奥着迷并被感动，他想象着，勃拉姆斯曾相信可以借用一点文化精神，用细微的开明和复杂的和谐节奏来超越瓦格纳和布鲁克纳大象般的宗教虔诚。齐佳诺组合将它演奏得尖锐锋利，几乎具有现代特质，音乐中突然间带着深不可测的绝望。法比奥想，如果有机会的话，我也能以同样的方式演奏作品

34号。

他望着窗外。在很多日子里，从朱丽叶的窗口望去，你都能看到两个屋顶间的三角形潟湖，蓝色的，因为窗向北开着，而且太阳在背后。一小块蓝色的潟湖和它后面公墓岛的一小段白墙。但今天不行，今天有雾，只能看到棕褐色、赭色和红色的仰合瓦房顶。法比奥想，我的演奏达不到这样的水平。他想起战争结束后他曾相信自己能成为独奏家，他像个疯子那样工作，但不得不放弃。因为政治因素，他几乎中断了十年。十年，被西班牙战争、非正规的反法西斯工作、世界大战和游击战耗去的十年，已经无法追回。他还能在凤凰管弦乐团找到工作已经是奇迹，至少为他的小提琴和政治信仰间的紧张关系找到了一个比较体面的解决方法。就是这样：当一切结束后，就这样子回到了威尼斯；从本世纪的无尽燃烧中——燃烧还在继续——唯一留下的是已经牺牲了一半的小提琴，只能用另一半继续演奏；与之相近的是与一个年轻姑娘的一半热情，这姑娘也是因为同样的遭遇而来到这儿的。一个复古而早熟的女孩，她独自一人在卡非迪街的顶楼小厅里住着，有窗前的仰合瓦和一块潟湖，有保留下来的若斯

坎 · 德普雷、莫扎特、勃拉姆斯和德彪西的音乐。法比奥
往下望去，看到破旧的小宫殿的院子，那里还堆着建筑废
物和旧雕像，朱丽叶住的房子就在这院子旁。楣梁、断裂
的柱子、一个女神的躯干雕像。

五重奏在唱片轻微的沙沙声中结束了。法比奥抬起唱
臂关掉唱机。他远远地望着朱丽叶，说："快到12点了。
你是个懒虫。"

"啊，"她说，"我也没有办法啊。昨天我们在基
奥贾为意大利广播电视公司做巡回演出，今天凌晨两点才
回来。"

"观众最喜爱的节目，"法比奥说，"很累吗？"

她只点头，并吐了一口烟。法比奥认识她时，她还在
凤凰歌剧院的合唱团唱歌，但当时就能看出，她的嗓子显
然不适合进行歌剧演唱。她有一副漂亮的小嗓子，现在她
唱流行歌曲和民谣，但在这个专长上她也不受观众宠爱。
她长得妖娆，但她的品位太高，以至于很难成功。这些丰
富多彩的晚会的组织者，往往对反差效应有第六感。他们
会让她在闪光的羊和牛中间出场，使观众欢呼雀跃。他们
认为朱丽叶给节目增添了某种色彩，意思是，朱丽叶唱歌

的时候，能从舞台向观众传递陌生、绝望、感人的孤独感，使现场突然安静。她在几分钟内把观众的心带到一种微妙的陌生而恐惧的幻境，使得人们此后能轻易地被引导到乐观状态。在这个行业里，法比奥想，一个人如果喜欢齐佳诺组合演奏勃拉姆斯的方式，那么这个人不会成功。但至少朱丽叶能挣到钱，足够生活了，尽管她并不那么需要钱，因为她的父母是富有的。但她离开家已经很久了。

"你有三个星期没露面。"她说。

"那你为什么没有打电话给我呢？"他问，"如果你那么疯狂地想见我，你只需要告诉我。"

"我有许多事要忙，"她说，"我几乎每个晚上都要演出。你知道圣诞节前的状况的。"

法比奥领会了这暗示。"对不起，我圣诞节没有与你联系，"他说，"我不在意圣诞节，我讨厌它。"他补充说："再说了，上次我见到你时，你很心不在焉。"

他用这个解释提醒她，他们上次在一起时，她两次问他对一位有名的威尼斯男演员的看法。

"哦，法比奥！"她喊，"为什么你能记住所有的事？是，我那时是心不在焉。"

他当时就知道，她又被自己单纯的好奇心驱使着，开始了她无数次短暂恋情中的一段。

"好吧，你看，"他回答，"为什么我们还要谈圣诞节和这三个星期呢？"

西莉亚拿着早餐进来了。她把托盘放在朱丽叶床边的小桌上。

"我在厨房里没有找到鸡蛋。"她对法比奥说。他听出她声音中的得意，她很高兴能在拒绝他的同时暗中批评她的姐姐。西莉亚的厨房一直是有鸡蛋的。

"你想要一个蛋吗？"朱丽叶喊，"要是我事先知道你会来就好了！"

法比奥喜欢这随意、幽默的遗憾语调，渲染了她忧愁的声音。他到卡非迪街来时，一般都会带上吃的东西。朱丽叶的厨房里什么都有，但都不是你真正需要的。你能找到豆蔻面包，或者欧洲鳀罐头，或者石榴汁，或者在桌上的购物袋中找到一堆稀奇古怪的东西，比如茴香、洋蓟和李子蛋糕，但很少有鸡蛋、油、面包和葡萄酒。法比奥想，如果哪天她开始正儿八经地为我做菜，我可能就不会再来了。

西莉亚倒了一杯茶。她只拿来两只茶杯，显然并不打算一起吃早餐。她已经在厨房脱下了朱丽叶的围裙。她穿着一件宽松的沙色针织直筒短装，头发发色比她姐姐的略浅些，与朱丽叶的短发形成鲜明的对比。

"你觉得她怎样？法比奥。"朱丽叶欣赏地说。

"她很漂亮吧？"

法比奥没有回答。西莉亚生气地说："你好无聊，朱丽叶。"

事实是她真的很美。她穿着那件昂贵的小短装，就是一个珍贵而完美的美人。有点太完美，法比奥认为。他在脑子里比较着她的裙子和朱丽叶的服装，那些都是朱丽叶在她的朋友，那位老犹太裁缝那里定做的。老裁缝把她打扮得高雅迷人，但显得很古板老式，有时甚至试图把她装饰得像马戏团的马一样。于是法比奥为了预防最糟糕的事发生，不得不陪朱丽叶去拉比亚宫，老人就住在那里的两个破旧不堪的房间里。

"哦，是的，"朱丽叶说，"你是美丽的，西莉亚。你要小心法比奥！他是一个好色之徒。"

"西莉亚是对的，你是真无聊。"法比奥说，"如果你想提醒我，和你们两个孩子待在一起我显得有点奇怪的话……"

他不知道自己是否显得奇怪。他很想现在有一面镜子，但是朱丽叶的镜子挂在他看不到自己的地方。西莉亚刚才在厨房向他吐舌头，就是试图把他归入他原本的年龄段。

"天真可爱的小孩子，"朱丽叶说，"和这个奇怪的好叔叔——我们看上去就是这样的。"

"也许你是对的，"法比奥思考着说，"也许我真是一个善解人意的叔叔。"

朱丽叶笑了。"你比我们几乎大三十岁，"她说，"但假如你是叔叔……"

"您给您的姐姐做早餐，我觉得这很迷人。"为了改变朱丽叶的话题，法比奥说。

"我也觉得迷人，"西莉亚嘲讽地说，"不过我要走了。"

"姐妹早餐，"朱丽叶说，"她要嫁给塞巴斯·列兹，她来这儿就是为了告诉我这件事，而我同意了，所以她给我煮了茶。这姐妹和解早餐本来也是要吃的，但被你破坏了，法比奥。"

那个小列兹，法比奥想，这像他干的事。朱丽叶的初恋和挚爱。他抛弃了她，从那以后她就四处流浪。后来他又与她重新开始了，她立刻跟来，但几个星期后他再次抛弃了她。列兹，那个做黑生意的小商贩，一辆英国跑车的车主，一个洒脱的恶棍，邪恶的使者。他在其他男人面前显得可笑，但对朱丽叶这样的姑娘来说，却很有趣。这是一个根本就配不上朱丽叶的家伙，但女人的好奇是不可估量的。于是现在，列兹把西莉亚弄到手了。西莉亚，勇敢的女孩，明朗、目标明确的美丽姑娘，一个下得了厨房的好伴侣。这是列兹策划的阴谋之一。法比奥认为，列兹的目的是在他与西莉亚结婚后，让朱丽叶再当他的情人。列兹真是一个人物，在他的计算中只有一个未知数：西莉亚。西莉亚，这头小野兽，冷静地来找朱丽叶，"为了告诉她这件事"。法比奥认为，西莉亚将会使列兹过上地狱般的生活，列兹低估了西莉亚，他也配不上她。或许他并不像我想的那么糟糕，因为朱丽叶爱他，因为西莉亚将打败他？一般来说，那个看似被打败的人不是更有优势吗？那么依次排列就是：朱丽叶，列兹，西莉亚？

"我不会同意你们的，"他对西莉亚说，"假如我是朱丽叶。"

"遗憾，我的姐姐那么轻率。"她回答。她是一个刚踏入社会的少女，可惜相当傲慢。法比奥想，如果你这样看着西莉亚，听她说话，你不会相信她曾经对别人吐过舌头。

他送西莉亚到门口。"您是学医的吧？"当她站在走廊里去拿她的大衣时，他问。

"是。"她回答。"为什么这么说？"

"我刚才发现您的舌苔有些厚。"她气愤地望着他。他帮她穿上大衣，当他松手把大衣放在她的肩膀上时，他用右手摸了她的乳房。他的手掌感觉到她雅致的直筒短装上的细羊毛以及下面暖洋洋拱起的乳房，然后他注意到她脸上闪过的愉悦：她的唇微微张开，眼睛在按常理闪出愤恨之前先眯了起来，像是被抚摸的猫的眼睛。但这一瞬间之后，她离开了朱丽叶的家。

法比奥走回房间，坐在朱丽叶床边的椅子上。他们聊了一会儿西莉亚、列兹，以及朱丽叶的家庭和工作上的事。过了一阵子，他们的谈话变得干涸，于是法比奥无声地坐着，手中捏着一支烟，朱丽叶闭眼躺在床上，睡意蒙眬。法比奥望着这个小厅，观察着红石砖，墙角的稻草扫帚，随意搭在椅子上的裙子，带洛可可式桌腿的梳妆台和上面无数的罐子、瓶子、管子、梳子和镜子，一面镶嵌在金框中的老镜子，以及能望见仰合瓦房顶的窗。他的目光又回到姑娘身上，回到她晨衣的黑色真丝上，她的左肩在晨衣下随着呼吸动着——她睡着了？——回到枕头上她披散着的黑发上，回到她年轻的脸上，回到朱丽叶身上：一个与他相恋，让他怀有一半激情的女孩；一个有小嗓子的女孩，一个在某次小丑闻中迷失的女孩；一个喜欢他、信任他的女孩，因为他对这事很认真；一个不了解他的过去、不认识真实的他、过着自己的日子、没有未来的女孩。

弗兰齐丝卡，傍晚

　　弗兰齐丝卡走过服务总台进入茶室。看来下午5点茶的供应将进入尾声：小乐队已经离开，被用过的桌子上空荡荡的，还有一群不愿离开的人，因为他们不到晚上9点是不会去吃晚餐的，而黄昏前到晚餐之间的时间里什么事都干不了，尤其是在冬天，室外又冷又黑。一个服务员过来拿走了弗兰齐丝卡的大衣。这要花费我200里拉的小费，等到他再把大衣给我时。她坐到一张桌子边，从这儿她可以透过玻璃窗看到接待大厅。难道我想要被注视？这个念头很快消失，她回过神，点了一杯茶。走进这儿与昨天坐上快车来到威尼斯一样是错的，这是一种离开了赫伯特的虚假的安全感，但我没有离开与他生活过的世界。我是不坚定的，我必须有勇气承认我是一个没有钱的女人，而我却坐在这儿，甚至想象我会被注视。一个单身女士，她正在找下一个对象，这只是一个时间问题。当她弄清楚自己在想什么时，自己却惊呆了，这事很快就会发生，她注意到自己已经被观察一段时间了。我是新来的，他们是一个封闭的社交圈，一群一月份来威尼斯的精英俱乐部成员。茶来了，当她感觉到那些目光从她身上移开时，她点了一支烟。邻近的桌旁围坐着几个人，明显的主角是一个肤色黑、脸色苍白、忧郁病态的男人。他可能还不到六十岁，服务员很热心地照顾他，还叫他去接了个电话，因此弗兰齐丝卡听见了他的名字。我知道这个名字的吧。然后她回忆起那是一个有名的意大利诗人的名字，她没有读过他的诗。其实我从来不读诗，我从来没有读诗的意愿，哪个女人会想读诗呢？有女人写诗，但没有女人读诗，诗只是为男人而作。那位诗人接完电话回来，服务员给他放好椅子，他坐下，略显困难地向右边的一位太太微微低头，这无疑是他的妻子。弗兰齐丝卡听见他说："奥吉娜，我们今晚要去佩罗艾斯那里。"诗人的太太个子小小的，体格结实，黑色头发，染色的，能看到黑发下亮白的头皮。一位性感的、有经验的女士。她并没有与坐在对面的年轻人交换目光，而是直接说："那么吉安卡洛呢？他一起去吧？""当然，"诗人对年轻人说，"认识您，他们一定会感到高兴。"他没有失去一丝尊严。游戏被接受。很久以来，在这个圈子里，婚姻已经失去了它的威严。诗人不是乌龟，而奥吉娜也不是给人戴绿帽子的。他们只是简单地安排着，有时候甚至可能会一起睡觉，他们有足够的性欲来让这样的情形发生。为什么我就不行呢？也这样与赫伯特生活下去，为什么我不能与他这样周旋呢？赫伯特一定会同意的，但我不行。对我而言，与赫伯特的舒适婚姻是充满恐惧的。人能与一个有尊严又忧郁的诗人这样生活，但不能与一个审美家和代理这样生活。弗兰齐丝卡观察着那个年轻人，吉安卡洛，他有一张希腊式完美的脸，他的目光不那么自信，拿烟的手动作优雅，但有一丝过分的潇洒，棕色的手无意识地垂在已经不那么干净的白色袖口外。这场景对他来说只有尴尬。作为她带来的情人，他怎样才能完全自信地适应他们的威望和主流生活，以及他们的钱和显贵身份？吉安卡洛和显贵的生活。英俊却呆滞的小伙子和结实性感的小个子女人，你能看出她将很快给他一张放行证。她与他没有眼神交流，这既是常态，也是因为她知道，她不再需要他了，她已经清楚地知道他在床上是怎样的，她的好奇已经得到了满足。她在等待一个新的贪欲，这个贪欲将把吉安卡洛扔到黑暗中，扔到不再显贵的生活中；而在那里他将失败，因为他曾经激烈地与幻想为伍。我无权轻视他，因为我也生活在幻想中。此时，我就活在幻想中，尽管我可能怀孕了。

她气恼地将这个想法抛开。

坐在诗人那桌的另外两个男人也是他们的随行人员，其中一个是"老朋友"，也许是主编，来自记者行业。他正在与诗人谈论在威尼斯的报纸上发表系列文章的事。另一个是年轻的崇拜者，懂点音乐的商人，大概是某个赞助圈的人。如果诗人有需求的话——诗人看上去家境不错——他能给诗人推荐乡村的庄园和城市的寓所。他不说话，但开始打量弗兰齐丝卡，这让她觉得不自在。她发现坐在另一张桌子旁的是昨天晚上在船上碰见的那个年轻的红发姑娘，也就是说她是来孔雀酒店喝下午5点茶的。她应该是一个明星，围着她的两个年轻人和一个老先生显然是电影界的，两个演员同行和一个制片人。在这个小厅里，两个年轻人表现出对这位漂亮姑娘发自内心的欣赏。

其中一个很做作，尽力克制着向她献媚；另一个比较实在，有同行间的心照不宣。那张桌子离弗兰齐丝卡很远，因此她并不能听到他们的谈话，但她认得出演员们相互间的动作，那是她曾经许多个晚上在杜塞尔多夫和慕尼黑的社交圈中见过的。他们的幼稚、精明和对女演员的百般殷勤显而易见，前提当然是这个姑娘不再是"新秀"，不再是群众演员，而是一位小明星，就像眼前的这位，一个穿着暗红色小礼服、领子开得极其低的美女。她还太年轻，不适合穿领子这么低的衣服；而且她应该把头发散开，而不是盘在上面；她应该表现得年轻浪漫，而不只是年轻有魅力；应该让头发随风飘动，其实她昨天晚上的发型就比较好看。希望她能找到一位好的导演。弗兰齐丝卡感觉到那个商人的目光持久地注视着她，这是一个不放过一切的人，一个不满足的人。她转向他，骚扰性地观察他。他垂下目光，但为了看看她是否还在注视他，又迅速抬起了眼睛，她回看了他一眼。我能与她发生些什么，但怎样做呢？叫服务员递一张纸条。不，这太老套了。一位红发女郎，这是我喜欢的类型，一个美妙的机会。不，这毫无意义。他移开他的目光，很长时间。当然，他没有这胆量，这些商人从来没有胆量。他们只是看着一个人，而当那个人示意已看见这目光时，他们就不再看了。他们胆怯，他们害怕奇遇，因为每个奇遇不仅仅是一个奇遇，也有相反的一面，也是一种约束。人必须在奇遇中有所投资，比如时间、金钱、困难、对家庭的谎言。因此他们去妓女那里，在那里只需要钱就能解决，尽管他们会在事后感到非常不幸。因为每个妓女也是错过的奇遇，错过的某种东西——是与陌生女人睡觉后的满足感，是将陌生的东西引诱过来并据为己有的感觉，是陌生而美好的东西——而这又是男人根本不愿意错过的。但他们没有时间，他们拥有的只是恐惧。这毫无意义，那边的那个就是这样想的。当他察觉到自己的目光会产生后果时，他就转过目光。什么后果？他不得不谨慎地与我联系，不得不今天或最迟明天晚上与我约会。他不得不对一个女人——她也许美丽聪明、是他的挚爱——百般解释，相当娴熟地解释，使她相信他。甚至在之后的几天里，必须挑选合适的地方，在那里他将不会被看到，毕竟他是有名的生意人，而且威尼斯很小，如果他与某个女人传出丑闻，他的信誉就会受损。然后，他还要把精力集中在我身上，必须勾引我，这又需要太多的思考和临场应变，甚至还要付出情感。然后，这又将导致他生意荒废，尤其是如果他只是暂时爱上了我。对一个值得怀疑的机会投入那么多，这对他来说真是毫无意义。他没有精力去应对丑闻，因为他工作太努力，因为工作变得太多、太难、太复杂。所以现在只有性无能和被驯服的男人；只有工作的人，没有玩乐的人；人们没有情人了，最多是明确付费的情妇。如果一个人生来感性、爱好艺术，那他最好去赞助诗歌。这个社会是由一夫一妻制的工作者和卖淫者组成的。弗兰齐丝卡注意到，那个男人又朝她看，她掐灭烟，回应他的目光，但并不做出拒绝的姿态。来吧，开始玩吧，我们女人尽管很专一，但也很没有逻辑。每个女人都会被诱惑，如果那个追求她的男人是真正的诱惑者。除非她正好处在强烈的激情中。只有强烈的激情才能保护一个女人不去冒险。

废话，在我看来这家伙绝非善类。她感到轻松，因为他已转过脸去，开始参与到诗人的谈话中。但她很执拗，她发现自己不只是感到轻松，同时也感到失望。我还是想被注视，所以我进来了，我幻想着冒险和奇遇，但其实我已经做好了出卖肉体的准备，只要这将发生在一个可容忍的情况下。我出卖自己的肉体，因为我害怕，害怕不确定性，害怕将要到来的一切。用10 000里拉和一枚钻石戒指抵抗一个陌生的国家，或许也是抗拒在陌生的国家怀孕。没有希望。因此我给这个我认为不友好的男人一个机会，我了解这样的人，他们都像约阿希姆一样，忙而且性感。约阿希姆比大多数这样的人好些，因为他与我有恋情。有过，她纠正了措辞。如果赫伯特告诉他发生了什么事，他将会大发雷霆。如果我不投降并回去，他将会赶走赫伯特。他以他的方式爱着我，一种可爱的方式。赫伯特将会找到合适的工作，他是很出色的代理。

一个服务员过来添了茶。他们这儿的人都很礼貌，一个一流的酒店，训练有素的工作人员，高素质的客人。她的对面坐着一位美国的客座教授，很重要的人，very important person，弗兰齐丝卡曾见过一张这样的VIP卡，她想笑。他们很单纯地归类，他们和语言有一种简单的关系。美国的标语不只是一个标语，而我们的标语只是老套的抽象概念，对美国人来说是单纯的套话。在翻译时我常常注意到，我们从来不需要把一位有名望的学者称为很重要的人。这位看起来颇有名望的学者，个矮又肥胖，也许是社会学家，或癌症研究员，或城市规划师，或音乐学家。他的身边堆满了报纸和杂志，他戴着一副无框的高度近视眼镜，正在用专注的目光读《纽约先驱报》。翻报纸时，他时不时用这专注的目光看看弗兰齐丝卡或明星。要在年轻女人和中年女人之间做选择是很困难的，尤其是当她们两个都漂亮并且都有红头发时。必须和两个都上床，对红发女的头发、浅皮肤和负有盛名的性感做一个对比研究。我是一头猪，不，我不是猪，我是相当自然的。我的欧洲同事会说这是外国人的性感，如果他们能读懂我的心思，就会知道我讨厌他们神话故事般的唠唠叨叨。他们用这些装饰自己的学者式意淫。感谢上帝，我有一个聪明的妻子，珍妮不反对我有时与其他姑娘上床，她很理解而且有一点冷漠；在一个一夫一妻制的社会，如果有一个性格冷静的妻子，那是再好不过的。最终，弗兰齐丝卡明白了，从那无框眼镜后无意间投来的平淡而精准的一瞥，不可想象。对大学教授来说，没有什么比性欲更重要。简直太神奇，这不带感情的无礼举动，来自一个很重要的人，他个矮又肥胖，而且根本不冷漠无情。但她的思绪被一位少女戏剧性的出场打断。

一个高个子的女人，黑发、肤色苍白，不那么漂亮，但有吸引力，过于柔软的嘴唇显得懒洋洋的。她的步子不稳，在隐隐地画圈。她走向诗人所在的桌子时，桌前的男士们站起身，显然是吃了一惊，但他们很快镇定下来。这位少女无声地站在他们面前。当然，奥吉娜解救了这个局面，她说："啊，玛丽亚，您又回来了？我们还以为您在科尔蒂纳！来吧，请坐！"

"科尔蒂纳有太多雪，我不喜欢雪。"少女说。

然后，服务员训练有素地端来椅子，大家坐下。玛丽亚没有让人取走大衣，这是一件质地软、轻便、颜色很亮的查尔斯顿风格的圆领大衣，镶着一点深色毛皮，是珍贵的长毛皮，吹一口气，它就会像羽毛或流水般飘动。在她同样以查尔斯顿风格卷曲的乌黑发亮的半长头发下，领子上的毛呈现出琥珀色。她没有向后靠在椅背上，而是面向诗人坐着，眼睛死死地盯着他，看起来紧张且心不在焉。

"啊，好的，"她对服务员说，"请您给我一杯白兰地！"

"我喜欢雪，"诗人的夫人说，"如果多洛米蒂山有雪，我会去几天，滑滑雪。"她转向他，说："你得给我一点假期。"

他没有注意她。"但您的丈夫以为您在科尔蒂纳，"他对少女说，"在他飞去纽约前，他把您送去科尔蒂纳了。他会把写给您的信寄去那里。"

服务员把白兰地放到她面前，随着一声轻微的咕咚声，她拿起酒杯一口喝完了。她喝酒的动作很熟练、精准，但弗兰齐丝卡注意到，在喝酒前后，她的手在微微颤抖。她是否之前也喝酒了呢？她烟瘾很大吗？她没有抽烟。"但我真受不了那个地方了，"她说，"我对科尔蒂纳根本不感兴趣。我看了看，发现那里很无聊。"

她说这话时并没有加重语气，像人们通常所说的，这是闲聊，她学会了这一点，她是有教养的，因此现在不会哭出来，尽管她很想哭。只是她无法控制自己的脸部表情。她放弃了一切保护，只是被梦幻般的安全感支撑着，望着病态男人的眼睛，他能偶尔写出几首诗来。

"没有关系，"那个"老朋友"马上说，"我们很高兴您回来。我有个想法，我们现在一起给阿蒂利奥写一张明信片到纽约，告诉他，您又在我们的保护之下了。"他看了看其他人，他们不出声。"航空邮件，"他有点迟疑地补充道，"后天这信息就到纽约了。"

"玛丽亚，"诗人说，"过来，我想和您去散半小时步。我有话要与您谈。"

他向其他人点点头，迅速且坚决地站起身走了出去，仿佛他的病症顿时消失了，他没有回头看跟着他的少女。她又步履凌乱地画起圈来，仿佛身在梦中，甚至没有试图与其他人道别。弗兰齐丝卡透过茶室的窗看见有人给诗人送来大衣，玛丽亚挽住他，琥珀色的毛在深黑色的大衣边飘动。孔雀酒店发亮的深棕色木质门刚好够他们肩并肩走出去。一位高大的病态的老男人和一个不比他矮多少的痛苦的少女。

被留下的人一时间都无声地坐着。弗兰齐丝卡深感同情，因为她看到那桌人一脸关切和担忧，唯独吉安卡洛挤出了一个带着讥讽的微笑。他当然会这样做，他已经不再属于他们，他已经被丢弃，而且他明白这一点。但就是这一点他也忽略了，因为其他人的严肃迫使他也参与了进去。这是几个很公平的人，有教养的人。他们能对形势做出估算、思考整件事的过程，他们已被培养成不做出常规反应的人，大概也是与诗人的交往促使他们公平地对待人和事吧。如果人与这样一位能偶尔写出几首诗来的诗人交往，那么这对自己的智慧和个性总会带来些影响的。如果与他交往的人正处在危机中，比如奥吉娜、"老朋友"以及那个我不喜欢的赞助商，甚至是吉安卡洛，那么他一定是很好的诗人。弗兰齐丝卡计划着有一天要读这位诗人的诗。等我有了多余的钱，我要买一本他的诗集。

最终她还是注意到了一个年轻人，大概与我差不多大，他坐在茶室的某个角落，与一位年长的先生在同一张桌子旁，也许五十岁。他——年轻的那位——被身边的大理石壁炉台上的花饰稍微遮挡住了。大理石上方有一面镜子，插着一大束百日菊的花瓶在镜子里被放大了一倍。年轻人坐的沙发靠在突出的壁炉和墙构成的角落里，当他动的时候，几朵百日菊会瞬间遮住他的脸和上身。弗兰齐丝卡注意到他，是因为她发现他也观察着诗人那桌上发生的事——尽管他的座位比弗兰齐丝卡坐的地方离那边更远——他观察着这场温柔上演的悲喜剧，同时也在不断地与年长的那位说话。她观察事态的发展时并没有注意到这一点，而是现在才有所察觉。他审视那张桌子的目光告诉她，他关注事态的发展已经有一会儿了，显然茶室里还有其他人也在留意。为什么他的观察被我注意到了呢？她自己无从解释，也许是因为百日菊，从百日菊中透过来的目光，或者只是因为这颜色，这镜像中的黄色和红色。但他随后的举动是她没有预料到的：他突然把目光从那张桌子上移开，直接盯着弗兰齐丝卡，这目光中有帮凶的神态，无比亲切、肆意地表达着赞同，让她猝不及防。几乎是一眨眼的时间里，他们之间已经有了很熟的老朋友间的坦诚与默契，在沉默中他们无所顾忌地交换对不太熟的人和事的看法。哦，这是一个小魔鬼！他真的很小，他坐在他的沙发里显得瘦小、低调，被地狱熔岩般色彩的百日菊遮掩住一半。正因为如此，所以我才只注意到他的好奇心，而不是其他人的。他的目光中有一种特别的东西，迷人而调皮，后面还隐藏着一种古老的魔法，一种巫术。遗憾的是我从这儿不能看清他眼睛的颜色，它一定是灰色的。这是一个懂得很多、以无所顾忌的目光扫视一切的人，他的目光或许也是邪恶的。她仔细审视着他：深色西装，简单的深色西装，雪白的衬衣，金色的窄款丝质领带，乌黑柔顺的头发，高高的颧骨，脸上十分有光泽。我喜欢男士留这样的发型。他一头黑发，个子矮小，看上去根本不像意大利人。他像英国人，像那类个子小、头发黑、性格和善的英国人，他们和高挑的金发女郎一样多。他一定是英国人，打着金色温莎结的那种。突然弗兰齐丝卡明白了。啊，原来如此，一个同性恋者，比较亲切友好的类型，是男人中最天使般的人，他们比大多数男人更具男性特质，一个英国小魔鬼。现在他又在与年长的人说话，也许是一位老鸨。弗兰齐丝卡没有再仔细看他，猛然间这魔法消失了，那个小个子的英国同性恋者以他嘲讽的目光打断了愉快热烈的茶魔法，把她从孔雀酒店茶室的魔法中拉回到现实，拉回到10 000里拉的现实中。她忽然觉得所有那些她参加过的舞会都是无聊的，她感到不痛快，甚至第一次有了想要回到外面去的愿望，回到豪华酒店外的威胁中去，这愿望就像是一份回家的邀请。他们所有人都在这儿：小魔鬼，诗人，奥吉娜和玛丽亚，重要人士，性感的赞助商，明星，"老朋友"，甚至还有赫伯特和约阿希姆，还有那个小魔鬼，是他用邪恶目光的焦点吃掉了他们所有人。所有杯子中的茶水都已放凉。弗兰齐丝卡挥手叫服务员。

在大厅里，她给了那个男服务员150里拉小费。太多，但我从来没有在小费上节省过，这意味着一次下午5点茶要500里拉，有点贵，有点多。即使是为了玩个痛快，就我现在的处境来说这也太贵了。然后她走到红褐色的服务总台前。

门房总管头发花白、肚子很大，显得十分威严，很容易辨认。他正忙着读报纸上的文章，报纸平整地铺在他胸前的墨绿色垫板上。墨绿色、红褐色、花白色。她应该去问他。助理正在不远处接电话。

"我能耽搁您一点时间吗？"弗兰齐丝卡问。

当她走近时，他已经抬起头看着她了。

"当然可以，女士。"他说。

"我想请您给个建议。"

"假如我能帮忙的话。"他是有经验的，无数的经验，并且非常非常友好。

"我是一名翻译，"弗兰齐丝卡说，"我会意大利语、英语、法语和德语。除此之外，我还会速记、打字和所有的秘书工作。您认为我能找到一份工作吗？在您这儿或在威尼斯的任何一个地方？"

"我们这儿没有，"他说，"在整个酒店行业都不行，尤其是在冬天，在威尼斯。"他的语调没有丝毫变化。他一定是整个威尼斯最有经验、最有权威的酒店门房。当他发觉在自己面前提出请求的人不是一个处境优越的游客时，他不会轻易卸下面具。"我们已经在去年十月底辞退了季节临时工，"他说，"而且这里一半的酒店都歇业了。"

"我理解。"弗兰齐丝卡说。

"而在这里，酒店行业大概是唯一适合您的行业，女士，"门房总管说，"冬季只有少数几个行业还营业，旅游和船业公司也只经营一半的业务。"他不仅友好，而且真心想帮忙，而且他还一直说"女士"。

"您有没有内务方面的职位空缺呢？"

"您说的内务指什么？"他问。

"我是说我也可以整理被子和房间，什么活儿都可以，直到我找到其他工作。"当她注意到他的脸部表情起了变化时，她急促地补充道。

"没有，"他说，"即使我们出现客房服务人员紧张的状况，也不会雇用像您这样的人。"

他不再说"像您这样的人，女士"。他的声音还是礼貌得无可挑剔，但是忽然变得冷冰冰的。无可挑剔而且冷冰冰的。她看着他拉开身旁的抽屉。

"您在我们这儿有过开销，"她听到他说，"请您允许酒店把这钱退还给您。"

他递给她一张1000里拉的钞票，惊愕使她立即红了脸。她困惑地接过钱。这完全不可能。这完全不可能。她摸着手指间的纸币，然后意识到内心的某个地方还残留着一丝冰冷。她把拿着钱的手放进大衣口袋。

"谢谢。"她说。

门房总管只是耸耸肩。为了不让我再进孔雀酒店，他们花了1000里拉。很优雅。一个优雅的拒之门外。

"您是德国人吧，女士？"门房总管问。

他甚至能再称呼我"女士"。"是的。"她说。

"威尼斯对您不是一个好地方，"他说，"我建议您星期一去德国使馆请您的同胞帮忙。路易吉，你知道这儿的德国使馆在哪里吗？"他问助理。助理仍旧守在电话机旁，手指在桌上敲打。

"瓦拉瑞索大道，"他说，"如果我没有记错的话。"

弗兰齐丝卡点了点头，转身走了出去。夜，贡多拉，灯，黑暗的潟湖之外的圣乔治·马焦雷岛，毛毛细雨。她停下一会儿脚步，等待脸上现出一片潮红，但她发现这只是冷空气在她的皮肤上涂的红色。500里拉的盈利。这还真是值，去孔雀酒店喝下午5点茶。1000里拉的奖金，就因为我说愿意整理床铺。她迅速走到自己入住的破旧旅馆，几乎是愉快的。大衣口袋中的那张钞票摸着很舒服。当她注意到自己已经忘记德国使馆所在的那条街道时，她笑了。

回到房间后，她只把大衣脱了下来，随即扑到床上。她趴着，让红发在枕头上铺开，又漫不经心地脱了鞋。尽管她喝了很多茶，但过了一会儿她还是睡着了。这一觉睡得很不安稳，半睡半醒，接近昏迷。

老皮耶罗，夜的尾声

　　船、潟湖，昨天渔网是空的，早晨，马佐尔博岛的夜晚，我从马佐尔博岛出发，冷，我撑篙驶向黑暗，冷，至少有玛塔的围巾，玫瑰红的围巾，雾，漆黑的水，雾，我漂游，鳗鱼，湿地，玫瑰红，我感到不舒服，在马佐尔博岛的保罗那里喝咖啡，仰望蓝色，还没有太阳，蓝色，太阳会出现，托尔切洛岛在右边，我向西行，湿地，进入幽蓝，玫瑰红，仰望山峰，船篙，没有手套，空荡荡的船，水中有一块木头，网在浅水域，围巾，我咳嗽，没有大衣，鳗鱼，撒在浅水域的鳗鱼网，没有钱，我咳嗽着仰望幽蓝间的雪山，看见潟湖上的雾气，幽蓝，咳嗽，雾，雪山，幽蓝，太阳。

星期天

一个有耐心的人 / 一次震惊造成的后果 / 圣
马可和错误的选择 / 打电话去多特蒙德 / 古
世界地图 / 线条在钟楼交叉 / 与一个刽子手
的摇滚 / 凛冽的东风

弗兰齐丝卡，从午夜到清晨

将近午夜时，弗兰齐丝卡醒来，确认自己已经彻底醒了。她起床，平整裙子的皱褶，并开始梳理睡觉时弄乱的头发。10 000里拉正好够买一张去慕尼黑的车票。旅馆费也已经付了，能住到星期一上午。星期一早上我坐车去慕尼黑，从朋友那里借点钱，可以在慕尼黑或其他地方找份工作。其实我想消失得无影无踪，但显然没有成功。这是一个浪漫的想法。以我的资历，我能在德国找到一份高薪工作，而且几个月后就可以租一套像样的小公寓，一套在慕尼黑的甜蜜的小公寓。那么我还留在威尼斯干什么呢？这真是一个荒谬的开端。她思考着，是留在旅馆还是应该再出去一次。我已经完全醒来了，而且我没有什么能读的东西，也许我可以在圣马可广场找到一份画报。在慕尼黑我可以直接去医生那里，但可能为时尚早，只有在经期过后他们才能肯定地判断你是否怀了孩子。弗兰齐丝卡开始计算，她意识到将在星期一、星期二或星期三得到准确答案，知晓月经是否会来。决定性的日子即将来临，她感到震惊和害怕。但如果我怀了孩子，我会生下他。我在职场上是一流的，没有公司会因此而给我制造麻烦，相反，他们会在我不能工作的两个月中继续付我工资，我必须赶紧去安排。然后我就会有一个宝宝和一套公寓，我能挣许多钱，这样就能雇人在我工作时照顾孩子。我并不介意这孩子是赫伯特的，至少比是其他人的孩子要好些，我不会要赫伯特一个芬尼[1]。回德国，当然，就用这个方案。在意大利隐藏起来的想法是荒谬的，打消留在威尼斯的念头。尽管如此，回德国的决定仅仅是一种解脱，因为在离开比菲，来到威尼斯后，过去的几天里她一直被某种冲动强制着。是的，"强制"是一个正确的词，"方案"也是一个正确的词，不过相比于方案和解脱，我其实更喜欢强制和冲动。我已经知道有了方案后会出现什么，有了方案后就只有无聊：甜蜜的小公寓，高薪，不合适的井井有条和

1芬尼（Pfennig），德国2002年采用欧元之前使用的辅币。100芬尼=1马克。

不合适的干净，缺乏想法，缺乏热情。这孩子甚至无法让我远离无聊的德国，这个没有秘密的国家。我不是那种眼里只有孩子的女人，因为那样这个孩子就会阻止我时不时地去国外。在德国，这个孩子不会妨碍我的工作；然而在国外，要是带着孩子，我很难有工作。但是我对国外有什么期待呢？希望那里不一样吗？我期待意大利什么呢？期待那里有秘密吗？在陌生的礼仪或陌生人的礼仪中，一个人会被接纳，并且即刻进入秘密的生活吗？我了解外国，我了解意大利。真是笨，像我这样精通多国语言的人竟会沉湎于这种幻想。她想到她住的旅馆的门房和孔雀酒店的门房，但随后又突然想起昨晚从米兰到威尼斯的路上，在维罗纳停靠时路边的那栋房子。那房子可能以前被粉刷成了白色，现在，墙面已经变脏并且剥落了。楼上破旧的木百叶窗是关着的，二楼的房间是否空着呢？底层的木百叶窗开着，但窗内漆黑。房子周围是石子和泥土地，晾衣架上挂着几件衬衣和毛巾。有公路从房子前穿过，是一条岔道，路上没有汽车开过。湿漉漉的天空如平原一般，将最后一线微弱的光投射在这条街上，从维罗纳过来的铁轨像反射着光的直线，经过这黑暗的房子并伸展出去。这里面肯定有人住着，他们只是没有开灯。房子是一个正方体，一个凄凉衰败、装着秘密生命——在黑暗中的生命——的正方体，几乎没有坡度的房顶上盖着圆形的瓦片，破旧的烟囱任由它的砂浆落在仰合瓦上，潮湿的痕迹从裸砖和一块块的灰浆上显现出来。我一直只对这类房子感兴趣，我想要探究这种房子里的秘密，意大利到处都是这样的房子。在这样的房子里，人们晚上坐在黑暗中，守着自己的秘密，可怜、苦涩、闪光的秘密。也许这就是一个文学的想法，来自新现实主义电影，来自对南方无产阶级诗歌的一点迷恋。意大利的无产阶级是文学界的时尚，但他们也许对此心存感激，也许想要放弃诗歌，也许在这样的电影中根本没有找到乐趣。他们想要改变命运，但同时又陷入这种生活的视觉魔法中。她耸肩。现在，这已经不是我的问题了，我要回德国去。

梳理完头发，她把目光从镜子前移开，发现没有关上百叶窗。每一个从外面经过的人都能看到我，看见我怎样梳头。她迅速走到窗口，为了把百叶窗关上，她打开了窗。此时，她望着几乎没有人的斯基亚沃尼堤岸，望着拱形灯苍白的光圈和散射在堤岸地砖上的光，望着黑色的潟

116

湖上摇晃的贡多拉。湖面尽头想象的地平线上闪烁着朱代卡岛码头的灯光。她看了一会儿一个在纪念碑下来回走动的妓女,一个年轻漂亮、染了金发的妓女,穿着一件绿色大衣。然后她发现了那个在孔雀酒店见过的男人,虽然他的脸在不亮不暗的灯光下不容易看清,但她还是一眼就认出了他。那黑皮肤的小个子英国人,如果他是英国人的话。那个同性恋魔鬼,如果他是同性恋者的话。他站在下面,靠在汽艇站的一根柱子上,个子矮小,没戴帽子,有一头黑发,穿着一件浅灰色大衣。他平静地抬头望着弗兰齐丝卡的窗,当他看见她注意到他时,他抬起右臂向她招手,示意她应该下来,到他这儿来。这是一个完全不言而喻的客观且友善的动作,没有一丝恶意,就像他在孔雀酒店的茶室中向她投去的目光一样。这是一个简单的、没有阴谋诡计的、无声的招手,一个老熟人的信号,像天使的召唤。弗兰齐丝卡没有回应他,但她太惊讶,她怎么就忘记了自己是来关百叶窗的。她把窗关上,然后把脚伸进鞋里,穿上大衣,关灯并离开了房间。在只有一盏夜间灯的大厅里,门房的那位守夜老人拦住了她,告诉她有一位先生在大厅里等了她很长时间,有几次他离开了,但又都回来了，他说不必让人打扰这位女士，她一定还会下来一次的。"一个外国人，"老人说，"一个有耐心的男人。"他在"耐心"这个词上加重了赞美的语气。"一刻钟前他离开了，因为我告诉他，12点我要锁旅馆的门。"他陪她走到门口并为她打开了门。

她站在旅馆外时，那个陌生人漫步过来。

"我想我们还能一起去喝杯咖啡。"他微笑着用德语说。他说话带口音，但语法正确，有英国人说德语时的口音。

弗兰齐丝卡点头。从近处看，这个陌生人的脸是严肃和可亲的，一张非常干净、结实的椭圆形脸。他那高耸的颧骨并不突出，而是圆的模样。弗兰齐丝卡感觉他的眼睛是冷的，却是一种舒适的冷，后面隐藏着友善，那是一种对孩子和动物的友善。

"您的眼睛是什么颜色的？"弗兰齐丝卡问，因为在夜晚的灯光下，她虽然能看出他眼睛的神态，但看不清颜色。

"灰色。"他说。

"与我想象的一样。"他握着她的手臂，在黑暗中带领她走在从旅馆通向圣匝加利亚教堂的小路上。他们从金发妓女身边走过时，她正站在阴影的边缘，带着一身的光艳，好奇地望着他们。然后他们走到广场，教堂侧面的墙像贝壳一样闪着光。

"您是英国人，对吗？"弗兰齐丝卡问。

"爱尔兰人，"陌生人回答，"盎格鲁-爱尔兰人。我有一张英国护照。我叫帕特里克·奥马利。"

"如果您愿意的话，您可以用英语跟我说话，奥马利先生。"

"好啊，如果您叫我帕特里克的话。"

弗兰齐丝卡没有回答这一请求，但他们现在开始用英语对话了。

"您要到一个特定的酒吧去喝咖啡吗？"弗兰齐丝卡问。"这个街区不寻常。"她补充道。他们进入了圣匝加利亚教堂后面漆黑的小巷。

"不是酒吧，"他说，"我想我们应该在我家里喝咖啡，弗兰齐丝卡。"

她站住。"您从哪里知道我的名字的？"

"我了解您的一切，"他说，"您叫弗兰齐丝卡·卢卡斯，您1926年11月5日出生在莱茵兰的迪伦，已婚，职业是翻译，您住在多特蒙德。"

"我的旅馆门房对您的耐心极为赞赏，奥马利先生，"她说，"也许他是指您给的小费吧。"她继续走。

"一位友好的老人，"她的同伴说，"比孔雀酒店的家伙友好多了。"

"这您也知道了？"

"是的。您与门房谈话的时候，我就在大厅里站着。然后我跟着您，目的是看看您住在哪里。但在我到您旅馆的大厅等您前，我又回了一次孔雀酒店，为了对酒店门房的慷慨阐明我的立场。您要是在场就好了，至少有十个人见证了我对他发表我的观点。"弗兰齐丝卡看见他又变成了一个可恶的小魔鬼。"我很擅长这个：对别人说出我的观点。"

"诚挚的感谢，"弗兰齐丝卡冷冷地说，"但这一切是为了什么呢？"

"我不知道，"奥马利回答，"真的，我不知道为什么要跟着您走到孔雀酒店的大厅。也许是因为我喜欢您观察人的样子，因为我有一种印象，您与他们不同。"他沉默，然后说："我对有别于他们的人有偏爱。偏爱和注目。"

他们默默地并排走了一段。奥马利比弗兰齐丝卡稍微矮一些，她能看见他的黑色直发。他的灰色大衣在黑暗的小巷中显得生动、明亮，生动的灰色羊毛鱼骨纹，英国斜纹呢料。

"您确信我会陪您去您家吗？"弗兰齐丝卡问。

"您不必装傻，"他说，"您相当清楚，我为什么有别于那些人，我不是您需要害怕的一般人。"

"您是怎么得出结论说我清楚这一点的呢？"

"我不知道，但现在我知道了。"

"您是一个小魔鬼，帕特里克！"

"也许吧。有时。但您也不是天使。我跟着您，那是因为我觉得，两个从天上掉下来的穷天使是应该互相认识一下的。"他们走到一个灯光昏暗的小广场，它在两栋低矮的房子之间。广场的两边有石头地砖，只有运河边的砖是白色花岗岩的，像黑暗中闪光的白色带子，警示人们注意水。在运河的另一边有一座宫殿，其中有一扇窗亮着灯，那里传来歌声，有乐队伴奏。他们驻足听着。"多尼采蒂。"弗兰齐丝卡的同伴说，这是一个意大利电台的晚间音乐会，也可能是唱片，一位抒情男高音正在演唱多尼采蒂的《爱情灵药》中的一首咏叹调。他们不由自主地走进歌声里，直到他们站在了运河边。在白色花岗岩上，有两个台阶通向一条窄道，那里停泊着一条贡多拉。尽管天冷，弗兰齐丝卡还是在第一个台阶上坐了下来，听着音乐，而此时帕特里克·奥马利站在她的身边。他递上一支烟，于是她抽起烟来。男高音唱得格外轻柔，但咬字十分清晰——"偷洒一滴泪"，一种爱情药水混合进运河的黑水中，这神秘的眼泪在深夜的脸上流淌。他唱完后，喇叭关掉了，灯灭了。

"也有我不知道的一些事，"奥马利说，"比如我不知道您为什么在威尼斯。准确地说，为什么囊中羞涩的您会来到威尼斯而且想要在这儿找一份工作。您一定是遇到大麻烦了。"

她蹲在他脚边，向他，一个陌生人，讲述了那晚的故事，而他却是一个以夸张的方式让她不必害怕的人。她讲得很简短，尽管她没有对他有任何隐瞒，包括她害怕自己有身孕一事，但她还是在那支烟抽完时结束了。她站起来。

"有一件事我一直没有弄明白，"她说，"为什么我还继续与那两个男人上床，一个是我从来没有爱过的，另一个是我不再爱的。"

他干巴巴地笑了。"因为性欲。"他说。

弗兰齐丝卡摇头。"从来就没有性欲，"她说，"反而是伤心，尤其是事后。"

"那好吧，"奥马利说，"我们不谈性欲。那是一种不一样的东西，是人在自己身上装的一种机器。这儿，"他指着她的手腕，"我有一块手表，它会自动上发条。我们的性欲也是这样，我们自动地被上了发条。一个巧妙的发明。"

"但人应该能抗拒它！"

"不，"他苦恼地说，"您不能。这是神父的骗局。有那么一些人，他们的机器运转不正常，却被人们当作了榜样：苦行僧。"他把烟甩到运河里。"刚才那个家伙喝了爱情灵药，仿佛我们需要爱情灵药似的。走，我们还是去煮咖啡吧！它让人清醒。"

他们继续走。弗兰齐丝卡不认识他们所在的街区，只知道他们在向北走，如果奥马利不改变方向的话，他们将走到新方达门塔码头。

"那太可怕了，如果真如您所说的那样。"她说。这话更多是对自己说的，因此用的是德语。

"可怕，"他重复道，似乎是要翻译这个词，"可怕，恐怖。是的。我们在恐怖下生活，在自动的恐怖下。"他抓住她的手臂并把她拉近自己。"只有一种可怕，"他靠近她并轻声说，"那就是自动的。自动的恐怖。"

他随即放开她。她近距离看到了他的眼睛。他是一个经历过可怕之事的人，但是这也没什么特别的。在我们这个世纪，几乎没有人不曾经历过一些无法想象的可怕之事。

事实上他们真的到了新方达门塔码头。这里，他们面前的潟湖比斯基亚沃尼堤岸那边看到的更宽也更暗。因为不再是走在狭窄的街巷中，他们又感觉到了白色的棉絮般的空气，细雾，这银河似的、填满夜的东西。天气潮湿阴冷，公墓岛的灯模糊地照射在水面上。他住在新方达门塔吗？这儿没有酒店啊。他看上去似乎真的有一套公寓。

他们沿着码头走着，经过汽船浮桥，以及开往托尔切洛岛和蓬塔萨比奥尼的汽艇停靠的浮桥，但奥马利还是没有停下来。他们还经过耶稣会教堂的侧翼，一直走到了新方达门塔码头的最北端，那里人迹罕至，码头消失在水边，旁边有一栋没有门的房子，墙面光秃秃的。爱尔兰人下了几级台阶走到水泥防波堤上，当他注意到弗兰齐丝卡在迟疑着是否跟上他时，他指了指几条船，它们被固定在防波堤尽头的柱子上。弗兰齐丝卡的抵抗在快要变成愤怒的时候，突然转变成了惊讶。奥马利走在前面。这几条船中有三条小帆船和两条汽艇，有一块木板通向其中的一条汽艇，她的同伴跨了上去，把手伸给她，拉她上了甲板。即使在黑暗中，弗兰齐丝卡也能看出这是一条又大又结实的汽艇，因为当他们走上船时，它纹丝不动。奥马利打开客舱的门，拉下一个电闸，于是客舱内的电灯亮了，这是一个温暖的房间，家具由棕色调的柚木和富有光泽的黄铜制成。弗兰齐丝卡曾在斯德哥尔摩的礁石港见到过这样的船。"您请进。"奥马利说。

客舱里有暖气。当她进去后，爱尔兰人关上门。

"您很懂得制造惊喜。"弗兰齐丝卡说。"醇正佳酿，清冽爽口，来自利物浦的奥马利啤酒，"他说，"在利物浦，每喝掉两瓶啤酒，其中一定有一瓶是我父亲酿造的。这首诗是我写的，我让他用这条船作为付我的稿酬。您脱下大衣吧！我去煮咖啡。"

他走去旁边的房间，但弗兰齐丝卡好奇地跟着他，这是一个小柚木厨房。她看着他在煤油炉子上将水烧开，然后又快又稳地煮着真正的魔鬼咖啡：他在两个带银托杯的玻璃杯里各放了四勺咖啡粉，倒入半杯水，加炼乳到满杯，再加入大块的红糖。

"您真是完全疯了。"弗兰齐丝卡说。

"您试试吧！"他说。

她品尝着这饮料，它又烫又甜。

"您又赢了。"弗兰齐丝卡说。奥马利的咖啡的味道让她感到被一层幸福包裹着。

"现在来一杯奥马利的特制威士忌，"他说，"这在利物浦也不是每个人都喝得到的。这是那老家伙给自己和朋友特别酿造的。"

他拿了一个酒瓶和两个喝水的杯子，然后他们回到隔壁，到了客舱。他们靠桌坐下，喝着令人陶醉的热咖啡和冰冷的黑麦威士忌酒。

"真美好，"弗兰齐丝卡说，"谢谢您。"

"这时我也会想，生活真美好，"陌生人说，"此时我会忘记可怕的事。"

"您有一条船，有钱，也不在乎女人。您是自由的。"弗兰齐丝卡说，"没有战争。只要没有战争，您想做什么就能做什么。您是世界上最幸福的人。还是说您病了？您患有不可治愈的病吗？"

他摇头。"您给我讲了您的故事，我想给您讲讲我的，我所需要的时间会比您多一点。我将给您讲一个关于'可怕'和'恐怖'的故事。"

此刻我是幸福的，因咖啡而幸福，因威士忌而幸福，也因为我决定回德国而幸福。回到安全，回到无聊的安全，但也是回到有保障的生活，开始有一个孩子的生活，如果将要有一个孩子的话。但可怕之事无处不在。

"其他船上也住着人吗？"她问。

"不，"他说，"这儿只有我们。"

她看着有闪闪发光的黄铜外壳的晴雨表，指针正指向好天气。明天早上雾会散去吗？今天早上，她纠正自己。

奥马利在墙上用图钉挂了潟湖的海图，一张由沙子、激流、浅滩、陆地、航标、灯塔和名字组成的纷乱错杂的海图。她靠着客舱的墙，目光注视着图，注视着一张秘密的网，听这个陌生人讲故事。此时，寂静在一点点变浓。

一次震惊造成的后果

那是从我在夜空中下坠时开始的。夜空在我身边呼啸而过，1944年5月3日到4日的那一夜，上面是明亮的星空，下面是朦胧的夜色，这是我的感觉。那时我刚落地，在草丛和苔藓上躺了几秒钟后，我把挂在希尔德斯海姆一片树林边缘的树枝上的降落伞折叠了起来。跳伞时，人并不是在天上飘，即使降落伞已经打开，人也会飞速下降，撞击到地上，一时间完全麻木。也许是因为对跳伞后还能活着感到震惊；也许是因为从机舱向三千米深渊的跳跃，以及那紧接着的几秒；也许是因为在降落伞打开前的几秒，夜在身边呼啸而过。此后我很少有噩梦了，因为我经历过人类最原始的噩梦。

您要知道，人会自愿地参与此事！在世界上的任何军队里，人都不会被强迫去跳伞，他们会自愿报名。那些这样做的人认为是在做爱国的事，他们有成为英雄的愿望。但他们最后所处的状态，太具幻想，而与爱国情怀和英雄情结丝毫没有了共同点。一个人，当他从高速飞翔的飞机上跳进不可估量的深渊时，他也冲出了他所了解的一切，冲出了小的、有界限的东西，这样的东西就好比是人民和主义。他冲出了时间和空间。当您听说伞兵都是很勇敢的战士和很恶毒的酷刑者时，请您一定要想到我说的这一点！谁能跳进夜空，谁就能做一切事情，无论是多伟大或者多低级的事情。我说这个，不是为了对我所做的特别低级的事进行开脱。

我其实根本没有进行伞兵们所说的"集体"跳伞，我是独自一人。我也不是伞兵，我属于反间谍组织，尽管我当时已经有英国皇家空军的中尉军衔，我穿的却是灰色的便装，一件雨衣和棕色的低帮鞋。当时我的口袋里有三天的C-口粮、几张德国食品卡、德国货币和精美的伪造证件，还有一个记在脑中的地址。那是一个男人的地址，他住在希尔德斯海姆和汉诺威之间，他为我们提供电台。我的任务是在希尔德斯海姆周边了解几个重要的特殊工业装置，而且，如果我能成功，我也应该到那个有电台的人那里去，请他将我的信息传递到英国。这就是我的任务。任务很明确，但并不简单。我也携带着该地区的军事地图，我必须对此进行调查。我相当清楚我降落到了哪里。

我在低矮的云杉树下找到一个凹陷处，可以用来藏降落伞。但是在夜间走路也没有意义，在后半夜，一个男人独自走在公路上，一定会比白天更引人注意。于是我躺在伞上等待着黎明并思考一下我的处境。我不属于那些"必须与事件保持一段距离"才能认清发生了什么的人，我已经开始反思事件的经过和它的意义。比如我绝对清楚，为什么我现在与您坐在这儿，并给您讲这个故事，弗兰齐丝卡；为什么我对您感兴趣，跟踪您并在您的旅馆等了好几个小时。我做这些是因为我害怕，是因为，就像我对您说过的，我的眼光能看出不属于这里的人。那种人同样处在特殊的状况下，因而你能够将自己的恐惧，可以这么说，存放到他们那里。

那天夜里，我发觉自己当时的处境都是性格所致，我就是那种会独自穿便服跳伞的人。我能去军队的特殊部门报到，是因为我在牛津大学学过德语。我在牛津学德语，那是因为我想与我的德国母亲流利、准确无误地交流。我的德国母亲是一位有深色金发、优雅、柔弱、完美的女人。我母亲的这种性格，使我成长为今天这样。您能在专业的分析文献中找到我这种秉性形成的更详细的信息。不过，我的母亲已经去世，她是在战争期间过世的，那时我正好在德国的战俘营坐牢。但我提前行动了。战争爆发时，我十八岁，这也正好是我完全明白自己不属于普通人的时候。因为我不属于普通人，所以我学德语，而且我当时正处在青春期的后期，因此有被排挤和被抛弃的感觉，于是我就去了反间谍总队报名。我不想去普通人成堆的地方。我嘲笑否认因果关系的人。我的命运是一系列无缝隙自动连接的因果关系。

于是我开始了他们为个人定制的、为特殊人员准备的日常工作，但奇怪的是我并没有在参与的这项工作中找到极大的上升空间：我是指跳伞。他们培训我，但我不得不在每一次跳伞前吃兴奋剂，期望能进入状态。那天夜里我也吃了药，因此我完全没有睡意，只是躺在伞布上，在灌木丛中，处于一种麻木却极度兴奋的状态，等待黎明。在动身之前，我抽了几支烟来强迫自己平静下来，但没有做到。

我很快找到了通往希尔德斯海姆的公路，走了一段时间后，看到一块牌子上写着离城区还有7公里路。大概又走了2公里后，我来到一个村庄，那其实已经不再是村庄，而是一个工业区的居民区。那里的居民楼和工厂在我跳伞前的那个晚上被美国的轰炸机中队袭击了——而且事实上，在我跳伞前还看见周围几个地方在燃烧——这个地区的三分之一被摧毁，所有的居民都在外面，在冒着烟的房子周围，混乱中没有人注意到我，至少我相信自己没有被注意到。我甚至还记得在一栋房子前帮过忙，把几个男人从燃烧着的房子里搬出来的家具等物品放好。我又继续走，来到一个水泥筑的军营，更确切地说是军营的残骸，前面停着救护车。我听见从军营的地下室传来痛苦的喊叫。我走进去，越过水泥废墟，下了几个台阶来到地下室，那里躺着一长排死了的女工，在她们前面跪着几个幸存的女同事，她们正用外国话哀叹和祈祷。我从她们那里听说这些躺着的人都是被强迫从俄罗斯过来工作的女工，她们在这儿的工厂里工作过。这些被我们的炸弹炸死的人不需要再工作了，她们躺着，二十到三十名年轻妇女，无声无息地在地下室的地上排成一排。她们身上有毯子，她们的脸苍白发黑，睁开的眼睛望着地下室光秃秃的天花板。

我离开了地下室和那个地方。天很好，五月里晴朗的早晨，与逝去妇女灰色的脸形成了难以忍受的对比，兴奋感又回来了，我把这次经历视为一个不祥的预兆。您想一下，在战争的大部分时间里，我是在很隐蔽的地下通讯社的训练营里度过的，在英国我很少看到炸弹袭击。我不天真，但在我为任务做准备的过程中，我想象的是冒险经历，而从那一刻起，展现在我面前的是，我绝对不是在历险，而是在参与一场无意义的残酷战争。我没有做好准备。

走了一个小时后，我到了希尔德斯海姆。您认识希尔德斯海姆吗？这是一个干净漂亮的小城市。我经过城区外一些有小花园的别墅，然后是一些连在一起的沿街楼房，我不慌不忙地看着商店橱窗展示的东西，不过东西实在不多。尽管它与战争期间的英国商店有很大的相似之处，但我还是感到很陌生，我正在外国。于是我越走越慢，为了能逐渐适应这陌生的环境，我开始逛街。我对自己说，我必须融入他们，以便不被察觉。我突然有了一个想法，那就是如果我想要成功地执行交给我的任务，我必须让自己变得就像德国人，尤其是路上行人的目光使我更坚定了这个想法。商店门前有妇女们在排队，我当时情绪激动，难以摆脱这样的想法：她们现在好好地在这儿排队，但也可能在下一秒就死了，并排躺在地下室的地上。我已经见到过这种可能性。最后我还是成功地进入了希尔德斯海姆的市中心。在那里我发现一栋房子，它与英国乡镇上的木结构房屋有相似处，但比它们更大。它不是诗情画意、漂亮、亲切温馨的小房子，而是大的、真正的房子。它的比例恰到好处，整栋房子的斜墙面上布满黑色木条和粉刷成白色的砖墙。木条上有装饰性的雕刻和绘画，经历了一百年的风雨，颜色变深，看起来十分珍贵。这栋房子是德国中世纪精神的辉煌见证，沉重、庄严、非凡，它旁边的商店橱窗中挂着一张卡片，上面写着这栋房子的名字：屠夫行会大楼[1]。我退到广场上观察它，并靠在房子前的一口井上思索着，为什么这完美无瑕的房子会有这么可恶的名

1原文为Knochenhauer-Amtshaus，其中Knochenhauer也是一个德语人名。

字，是建这栋房子的人叫这个名字吗？或者这是工匠、屠夫或施刑者行会的房子？这个名字突然变得像一个粘在房子上的污点。而当我还在思考这栋房子与它的名字的矛盾时，两个穿便衣的人向我走来并逮捕了我。

显然，在燃烧的村庄的逗留为我招来厄运。我与那里的人交流过几句话，一定有人注意到了我的英国口音。您今天也一定能听出我的口音吧。这也是他们很长时间迟疑不决，不把我送到德国来偷袭的原因。也是因为这个，他们有几次想把我派到部队去，到一大堆人那里去。我用了一些外交手段，使得我能继续从事间谍活动并最终被派遣。从军队的角度看，对我的紧逼做出让步是不负责任的，但我当然没有权力责怪我的上司。就像审讯官克莱默，我要感谢他使我还能活到今天，过着这样一种生活！他告诉我，是那个地方的一个陌生人给希尔德斯海姆的国家秘密警察[1]打了电话，建议观察我。克莱默还告诉我，他当时接到的大多数举报都是匿名的。从某个角度来看，他是玩世不恭的。在一个完全成型的独裁制度中，崩溃是迟早的事，因此他认为民众生活在无意识的良心分裂中。一

1德文为Geheime Staatspolizei。Gestapo（盖世太保）是它的缩写。

个完美独裁制度的任务就是将这种分裂固定在无意识中。

当我在屠夫行会大楼前被逮捕时，我本来是必死无疑的。很显然，依照所有的国际法，我都是要被枪决的。在他们准备着要执行这一判决前，我被审讯，并被上了酷刑，因为我不愿说出任何情报。当然对此我是有所准备的。我觉得他们的酷刑很原始，基本上就只是拷打。我被拳头打，也被棍子和沉重的鞭子打。人如果没有在第一时间完蛋，就会很快达到不再有感觉的极限，疼痛如此之大，以致身体没有能力做出任何反应。德国的酷刑方式不够残酷，它其实根本不残暴，而是在其中有一种沉闷的愤恨，能摧毁受刑者的骨头和内脏。事实上，他们不过就是想杀死敌人。残暴是另外一回事。对残暴者来说，酷刑是目的本身，是艺术，是技巧，是一种享受的形式。残暴行为在到达结尾时，会带来一种性满足，人在杀死牺牲品之前会先爱上他。如果您觉得无法接受这直截了当的披露，您可以捂上耳朵！我并不想以此来说，给我施刑的人在打我的时候没有得到享受。但他们不够聪明，没能把我看成牺牲品：他们只把我看成敌人。他们只是生活在一种可怕的自动催眠状态，被他们所追随的意识形态催眠，从中他们只能够感知到应该被消灭的敌人。因为他们的愚蠢，我在他们手中存活了下来。

　　当他们结束了酷刑之后，克莱默审讯官进来了。他与我谈话还不到5分钟，我就明白，我在这地下室中流着血并被折磨这事有多荒唐。克莱默是一个高大、血统纯正的男人，有一头浅色金发，眉毛和脸也是白的。他睿智、玩世不恭、充满活力，他就是生命本身，而生命，正如您所知，是智慧、玩世不恭、有血性的。正因为生命的这个特征，我至今都恨它。但当时，克莱默在几次谈话后就让我明白了，抵抗生命是无意义的；与其说是他说的话，不如说是他的样子，使我感觉到活着有多么珍贵。克莱默呼唤我的智慧，而这样的诱惑我从来无法抵御，至少当时不能。在他最终达到目的后，他才卸下了面具。他靠在椅子上，从他白色的脸到他浅金色眉毛下的无色的眼睛，都充满了胜利的神情。我从未见到过如此奇怪、如此矛盾的现象：一张脸，当它放松时却变得僵硬了。当他把在我面前展露的生命面具卸下时，我看见了一台铁的机器，一台自动机器，我必须用一个便士[1]才能重新启动它。他甚至没

1英国等国的辅助货币。

有过微笑。当我想要抓住他为那一便士扔出的卑劣的生命时，他望着我的样子却像金属。他让我成为盖世太保的联络员。我被带到关押军官的监狱，我必须从中得到能提供给他们的信息。在那里，我立即与监狱代表，军衔最高的军官威尔考克斯上校取得联系，并透露给他我的情况。他对此并不十分感兴趣，但事情就是这样，他也不好拒绝给我提供帮助。他和一个小圈子里的英国人和美国军官给我提供了一些还算可信的材料，借此我可以假装成功地完成了我的任务。最终战友们觉得这事太好玩了，于是策划了两起假的越狱行动，而我则及时"告密"。不过要是战争再持续一段时间的话，我一定不能蒙混过去。等我们回到家乡后，为了帮我澄清真相，威尔考克斯上校与我一起去了我所属的部门。我的上司，罗伯茨少校感谢他前来解释。当我打算与威尔考克斯一起离开那个房间时，少校请我再留一下。"奥马利，"威尔考克斯身后的门关上之后，他说，"还有一件事也许您能够解释。"

我说："什么事，先生？"并疑惑地看着他，尽管我清楚地知道会发生什么事。

"那个电台，在您了解了当地情况后应该去的那个电台……"我看见脸色铁青的罗伯茨少校镇静地坐在我面前，他停了停并放下烟斗，然后又继续说："这个电台在您跳伞后沉默了一个星期，使用它的人在5月12日被德国人枪杀了。这是发生在您跳下去之后一周的事，您对此有什么要报告的吗？"

我还清楚地记得，罗伯茨对我提出这个问题时没有看着我。我知道，对他讲跳伞后第二天我所经历的事是没有意义的：讲那些死了的俄罗斯姑娘；讲屠夫行会大楼和后来的酷刑；讲克莱默的脸，它就像在石头上爬行的软体生物，曾让我屈服；讲所有与本次任务无关的无法估量的事，我像一张吸墨纸一样接受了它们，但本性驱使我感觉到它们的不可预料。我再强调最后一次，弗兰齐丝卡：我说这些不是要为自己开脱。您也许会试图去理解我，但罗伯茨根本不会这样做。他更多的时候是望着窗外，望着伦敦街道上傍晚的蓝灰色。他不看着我，因为对他来说，他提的问题只是常规的询问。他与我一样确切地知道那些问题的真实答案。但是我像他一样，了解我们所处社会的游戏规则，了解英国社会的"法律"，依照这个"法律"，即使我的回答是真实的，也挽回不了我的绅士身份。从这个角度讲，罗伯茨少校比克莱默审讯官更无能为力。克莱默审讯官可以因为一个便士的情报而赐予我生命，而罗伯茨少校却连一个起码的给忏悔者的尊严都不能给我。我是盎格鲁-爱尔兰人，也就是说来自一个天主教家庭，因此我懂得，人可以通过忏悔罪恶来得到救赎。人能忏悔，为此赎罪，然后重新成为基督徒。但是在当了叛徒之后，还想要成为绅士是绝对不可能的，甚至死亡都不能摆脱这诅咒。因此，如何回答罗伯茨已经无关紧要了，于是我说："不，先生，我没有什么要报告的。"

"好吧，"他说，"盖世太保的资料中也没有任何记载。"他继续用同样的声调说："明天您将得到离职证明。您可以走了。"

我走出去时，他坐着，既没有叫我的名字，也没有与我握手。半年后我离开了英国，从此再也没有踏上那块土地。

奥马利缓慢地讲着他的故事，并不是断断续续地，但很慢，有时会在句子间长长地停顿。有几次，弗兰齐丝卡打断了他，比如当他讲到他的母亲时，她问他，他怎么知道他的母亲是"完美"的。她还想知道，"当她感觉到您对女孩没有兴趣时她有什么反应？""她当然反对，但也根本不关注这事。"他回答，"我的母亲不谈这些事。""您将这也称作完美？"弗兰齐丝卡回应道。

但最后她还是让他继续说下去，自己只是听着，同时一直盯着潟湖的海图。她喝完了威士忌，他想给她再加点，但她把手放在了杯口。我是彻底清醒了，我从来没有这么清醒过，因为咖啡，也是因为烈酒，烈酒总是能让我清醒。这是一个古老的故事，一个关于沙子和浅滩，关于雾和夜，关于隐蔽的航标和熄灭的灯塔的故事。人把我们放在船上，把地图放在我们手中，甚至教会我们一些辨别方向的本领。但此时夜降临了，也起雾了，航标消失，火被熄灭，我们独自待在一个由运动着的沙子、浅滩和我们不熟悉也不知道名字的激流组成的世界里。世界就是一片潟湖。他说他感到害怕。因为害怕，于是他给我讲了这个故事。

"您为什么害怕？"她问，"这事已经过去很久了。十三年了。是因为想起那个被枪决的人让您感到痛苦吗？"

他摇头。"不是，"他说，"是我害了他。"他突然停下。"这是一个无可争议的事实，"他说，"但人能克服良心不安。"

"那为什么还害怕，帕特里克？"

他望着她。"我又遇到克莱默审讯官了。"他说。

弗兰齐丝卡的背离开了客舱的墙。她并没有站直，而是紧张得蜷缩起来。

"在哪里？"她问，"在这儿，威尼斯吗？"

他点头。

"帕特里克！"她迅速说，"您不必管他！他不值得。而且这已经过去十三年了！"

但是她惊讶地发现，他根本没有在听。他看着她，心不在焉并且似乎有些高兴。她看见他又变回了她在孔雀酒店看见的那个人，他不再是那个在斯基亚沃尼堤岸的码头上向她挥手的那个人——简单、没有阴谋，眼睛里充满友善，有着像对待孩子和动物那样的神态。他变了，他现在又成了那个小魔鬼，有着灰色的小眼睛，有被地狱熔岩般色彩的百日菊遮挡的目光，无所顾忌的目光。一位魔鬼天使，他能用他邪恶目光的焦点吃掉整个房间。他们在一个叫威尼斯的笼子里，他，和那个高个子的白色恶魔。如果他的描述无误，那么那个人一定是得了白化病。一次冰冷的谋杀将在黑暗中悄无声息地进行。

然后她听见波浪轻柔地拍打着船身。在潟湖海图边的舷窗后，天渐渐变灰，再过了一会儿，一丝红线从左边挤进这灰暗。弗兰齐丝卡起身，她突然感到寒冷。她从圆玻璃窗向外望去，水面已清晰可见，银灰色，被分割成无数条长长的、朦胧的线。

"天亮了。"她说。

法比奥·克雷帕兹，上午

"别怕，克雷帕兹，"贝尔达迪教授说，"您不必担心今天我又会鼓动您加入我们。相反，我找您来只是想告诉您，您是有理的。"

"我感到遗憾，"法比奥·克雷帕兹说，"我感到非常遗憾，教授。"

"我知道。"贝尔达迪在他位于圣马可图书馆的办公室里看着窗外的广场。有一队一百人的警察身穿阅兵制服走到了总督宫前，并按照一定的间距沉默地站成立正姿势，此时广场上聚集起许多围观的人。天气晴朗，有着节日般的气氛。格隆基[1]赶上了好天气，法比奥想，共和国总统的国事访问理当如此。

1乔瓦尼·格隆基（Giovanni Gronchi, 1887—1978），意大利政治家，1955至1962年间担任意大利共和国总统。

"格隆基已经知道了，"贝尔达迪说，"他知道这次接待是我任职期间的最后一次。宴会后，他将试图改变几个自由党人和天主教徒的观点——当然，这将是徒劳的。这是一次常规的谈话。"

法比奥敬佩贝尔达迪的沉着。教授昨天下午给他打电话，请他今天早上来一趟图书馆。尽管当伍果告诉他贝尔达迪要找他时，法比奥总是表现出不情愿，但每次当他在电话里听见这位老人的声音时，他都会最终做出让步。那是庄严而鼓舞人心的声音，是威尼斯新历史中一个重要角色的声音。这位七十岁的老人，每天早上7点到8点钟待在图书馆的办公室里，以沉思和谈话开始新的一天，此后才前往市议会工作。法比奥半嘲讽半崇拜地称他为威尼斯的摄政者，"总督"，福斯卡里和丹多洛[1]的伟大继任者。

当然法比奥对贝尔达迪所说的这些事情并不感到惊讶。贝尔达迪的联盟时代宣告结束的新闻已经在各大报纸上被谈论了好几个星期。一个伟大的人，法比奥认为，一

1弗朗切斯科·福斯卡里（Francesco Foscari, 1373—1457），威尼斯第65任总督。恩里科·丹多洛（Enrico Dandolo, 1107？—1205），威尼斯第41任总督。

个代表一切的人：基督徒，马克思主义者，自由主义者，保守派——一个无党派人士。他在市议会里建立过一个由共产党员、社会主义者和基督教民主党人组成的联盟组织，并领导过几年，后来这个组织解散了，因为各派把他们的代表轰走了。"枢机主教是什么态度？"法比奥问，"他不是一直支持您的吗？"

教授对法比奥笑笑。"好几年了，枢机主教的说教与您的差不多，"他说，"放弃政治吧，我的孩子，他说，像你和我这样关心政治的人，将在两块石磨间被碾碎。我相信他，而且我也知道，他无权无势。他也被禁锢在他的机构中。"

法比奥知道，继续向教授询问棋盘上的其他人物是没有意义的，比如共产党的领导或天主教党派的领导。这是战争，他想，战争时期有战争法律。政治机构和对应的战争法律。穿制服的警察开始在格隆基的大船将要靠岸的地方筑起一道防护墙，一直延伸到总督宫的卡尔门。法比奥思考着，一个小时后，贝尔达迪就要站在卡尔门前，在众多政要和知名人士的前列，迎接格隆基。然后他们会去总督宫的一个小会议厅，在丁托列托的画下做报告。一个怎样的杂技团啊!

法比奥想,教授是一个了不起的人。于是他仔细观察着教授,那是一个伟大的老人,身形伟岸,不胖但很结实,胡子刮得很干净,有一双时刻望着远处地平线的眼睛,笔挺的鼻子富有美感,苍白饱满的太阳穴旁有几缕雪白的头发。作为一个眼看着自己的政治作品被粉碎的人,他仍旧保持着良好的状态。法比奥与教授从意大利解放时就认识了,当时教授刚从利帕里回来,他是唯一一个能说服法比奥放下武器并解散他领导的皮亚韦河畔圣多纳游击队的人。在一次夜晚的长谈中,教授成功地让他相信,在解放后仍然保留一个革命组织是不合法的,这将是少数派的恐怖行动,而当前的任务是要让自由成为大多数人的自主追求。不过,法比奥最后的投降,却不仅仅是因为他认为贝尔达迪历史性的分析是正确的,更多的是因为现实原因:他参观了马克·克拉克将军的第八军在波河平原的基地;那里的人邀请法比奥和他的参谋前往,将美国、法国、希腊和波兰的规定一股脑推给他们,还请他们参观了一千辆谢尔曼坦克,以及野地厨房的晚餐,那通常是有牛排和芦笋的。相比于马泰奥蒂国际纵队七年前在加泰罗尼亚战场的失败，皮亚韦河畔圣多纳游击队的投降是一个壮丽的奇观。但是，尽管法比奥屈服于教授的理由，他却并不愿意继续参与政治活动。首先他拒绝了贝尔达迪的邀请，因为他很失望，后来他分析了失望的缘由，发现他并不是因为自己是被征服的人而失望，而是因为他为之战斗的革命从一个理想蒸发成了幻想，贝尔达迪为之奋斗的自由理想也是如此。正是贝尔达迪的实践过程教会了法比奥，理想的内涵消失了，无实质意义了，取而代之的是纯粹的权力，是两个巨大的虚无主义机构，所有理想在它们面前都变得苍白，因为它们的斗争如果只是表面形式上的，那么就预示着时间的终结——世界末日。认清这一点后，法比奥退出了意大利共产党。而且他还观察到，他的许多优秀的敌人，如保守的天主教精神领袖、保皇派、法西斯主义者，也退缩或隐退了。他们想象着自己还生活在旧世界里，在那里，人类历史是一个在精神原则间抉择的历史。而现在轮到贝尔达迪了，他是最后一位曾试图实现大合作的人，有一段时间他也成功地维持了所有力量的平衡，但最后失败了，因为各派势力最终放弃了所有的原则，并产生了同归于尽的想法。在逝去的理想留下的停尸房里，人们只听见机器的响动，被吐出的并不是思想，而是一枚枚错误的理想主义硬币。

"等一切都过去之后，"法比奥问，"您打算做什么？"

"我将回到大学里去，"贝尔达迪教授带着幸福的微笑说，"您想，克雷帕兹，我等待这一刻几乎已经等了二十年。我将修订我的《草案》，在新版中将我的经验再展开一些。还有，枢机主教希望能把我派到亚洲去传教。他说，为他去东方进行会谈并探访教区的必须是一个威尼斯人。他认为只有东方能够拯救欧洲。格隆基对此也很感兴趣。"

法比奥想，这些老先生真是坚不可摧。格隆基、枢机主教、教授，以及他们的同代人，他们甚至没有想过，他们的所做所想或许都是毫无意义的。他们与法比奥的同代人是完全不同的。法比奥在西班牙前线时就开始逐渐感到厌倦和愤世嫉俗，而与此同时教授则在利帕里过着流亡的生活，已经写完了他著名的研究著作《自由理念预备草案》，其手抄本在抵抗组织中有文化的人手里传递着。因为"总督"年事已高，加上有权的赞助人为他积极运作，所以他不必到浮石采石场工作。毕竟他是在有生命危险的前提下完成了这部虽然并不乐观，但还算有远见的作品。而法比奥——他站在贝尔达迪身旁，在图书馆的窗前思考着——他也有过几次生命危险，却从来没有坚定地对未来充满信心。

贝尔达迪在利帕里时与克罗齐有过通信，这些信件在克罗齐去世后被公开发表了，信中的某些段落具有辩论的特性。贝尔达迪指责克罗齐固守着一个已经过时的理想主义立场：他为了战胜黑格尔，错误地将黑格尔诠释成一名唯心主义兼自由主义者。而贝尔达迪认为，黑格尔顶多可以算是一名马克思主义兼自由主义者，但这一点最好不要这样解读。贝尔达迪是在利帕里时成为马克思主义者的，他现在仍是。他的两卷本文献《从14世纪到17世纪的威尼斯贸易关系思想史》是他在管理国家事务的这段时间里抽空完成的，他证实了历史是以生产形式和人类的工作方式为基础的。

但无论在哪个阶段，教授终究首先是个基督徒。他把他人生中最隐秘的存在理由用一篇小文章表现出来，而这些文字描写的却是圣马可大教堂南侧的两根6世纪的叙利亚式壁柱，奇怪的文字碎片，上面覆盖着藤蔓线条和奇怪的花押字。但相比这神秘的、甚至可以说是私人的文字记载，对法比奥更有说服力的却是贝尔达迪的一个手势。他有一次指着教堂说："一个人如果是威尼斯人，却不相信上帝，这是完全不可能的。"教授的手势意在说明，圣马可大教堂的外观和它所承载的意义是一致的：一个奇迹。

他在知识界的反对者当然指责他的思想太过杂糅，政界的反对者则说，他在多个炉子上煮一锅汤，但他们却无法阻止这位学者和国家官员有一天退出基督教民主党，像法比奥退出了曾经与他有着坚固友情的意大利共产党一样。教授曾一直想要法比奥继续从政。"您正好是左派中我需要的人，"他曾这样说，"而且我还想到，如果您回到政坛，您在您的朋友中是有很高威望的……"教授与法比奥曾对维多里尼[1]的观点进行过讨论：意大利的知识分子曾迫于法西斯的压力并出于自由主义的意愿而加入了意大利共产党，后来他们又以自由派的身份脱离了这个党。教授认为维多里尼的分析是正确的，但是却断言他的结论是

---

1 埃利奥·维多里尼（Elio Vittorini, 1908—1966），意大利小说家、翻译家、文学评论家。其代表作是反法西斯小说《西西里的谈话》。他曾加入了意大利共产党，并于1947年退党。

错误的，人们不能把意大利共产党交给冷血的官员。"意大利共产党能够成为意大利知识分子想要的那样。"面对这位反理想主义者的理想主义想法，法比奥笑了笑，他反驳教授，不过又补充说："其实这事与我无关，我不是意大利的知识分子，我是一个意大利的音乐家，而且那时我是意大利的革命者和战士，但我从来不是人们所定义的知识分子。"

"所以啊，""总督"回答，"所以，我需要您。您有知识分子的才学、敏感和批判精神，却不是知识分子中的一员。因为您不是他们中的一员，您有组织才能、基本的实践能力和采取行动的本领。您在西班牙和在抵抗运动中的表现证明了这点。像您这样的才华是罕见的。"

如果我被这些塞舌般诱惑的话语所引诱，法比奥想，那么今天与我握手的就是现在的共和国总统，那位失败却伟大的老人贝尔达迪的亲密朋友。我不会介入到这无聊的事中，而且我知道我会被从党内的贝尔达迪实验中轰出去，我不愿成为被冷落的人。当然我也可以走其他途径。如果我愿意，仅仅因为我的难能可贵，几年前我就有当官的可能了。如果我再次参与，那么我的政治生涯就完全取决于我自己了。我不善演讲，法比奥想，我也不是站在民主的前沿，我将是组织者，一个顾问，一个有战术和战略的智囊，一个在幕后牵线的人，这条线围绕着威尼斯的"总督"或者甚至围绕着共和国总统。他如此沉重地陷入思考，从中醒来时，他感到如释重负，就像是从噩梦中醒来——他还记得这个梦——确信自己仍然是自由的。"您也许会感到奇怪，为什么我看起来不那么悲伤。"他听见贝尔达迪说。教授并没有等待答案，而是马上接着说："我要告诉您，克雷帕兹，即使威尼斯的总体战略在一段时间内还需要我的存在，我也将退出。因为我发现，我的对手是正确的，而我是错误的。"

法比奥哑口无言地看着教授。贝尔达迪笑着说："不，您现在的想法是错的。我当然不会到敌人的阵营去。"他转身离开窗口，一边从写字桌上拿起几张纸，把它们塞到公文包中，一边说："如果有这种情况发生，即两个强大的势力不期盼别的，而只想要战争，那么每个不加入其中一派的人就都是叛徒。我是很认真的：我的政治是叛徒的政治。"

"那么您的第三方势力的计划呢？"法比奥问。

"……在一段时间里是有效的尝试，但是因为战争的因素而失败了。我从历史和国家宪法的角度分析了这个问题。在一场战争中只有朋友、敌人和中立者。中立者不是第三方势力，而是失去战斗力的人。当两个相信只能以武力解决问题的阵营之间出现战争时，永远不能由在他们中间摇摆的第三方势力来阻止或终止，只能分出胜负或两败俱伤。"

"也就是说，您不给理智一次机会了？"

"不给，"贝尔达迪回答，并盯着法比奥看了一会儿，"畜生是没有理智的。"法比奥从未从"总督"那里听到过这样鄙视的声音。过了一会儿，声音又恢复了镇定："上帝给予人类最崇高的礼物就是理智，但是上帝也给了人类理智或不理智的自由。人性或兽性。我必须走了。"他指着逐渐密集起来的人群说："否则我就挤不过去了，等格隆基来的时候，我就只能站在观众里了。尽管对我而言，这将是正确的位置。"他无丝毫痛苦地补充道。

"等一会儿，阁下，"法比奥说，"那些想要继续做人的人怎么办？"

教授已经打开门。他转身问道："您还记得一个关于保护圣马可遗体的传奇故事吗？"

法比奥知道这个传奇，威尼斯的每个孩子都在学校学过这个城市守护神的传奇，但他摇摇头，一方面是为了让教授感到高兴，另一方面是因为他想知道教授说这事的意图。

"两个威尼斯的商人在亚历山大港发现了圣人的遗体，"贝尔达迪说，"他们把遗骨掩藏在一箱子猪肉的下面，抬着这箱子，突破重重阻拦，最后才将这位圣人带回了威尼斯。您到圣马可大教堂去，看一下在唱诗班席右侧的中堂里的马赛克，这个故事就写在上面。另外，这是教堂中最古老的马赛克。"

他沉默。法比奥紧张地等待着。这位伟大的老人以爱与恨交织的神秘口吻说："请您记住一点，法比奥·克雷帕兹：不管将要发生什么事情，总有一天，人们将把活人的遗物藏在一堆死猪肉下运回威尼斯。"

离开房间时，他向法比奥挥了挥手。

弗兰齐丝卡，早晨和上午

　　他们聊了一段时间。7点钟后，帕特里克松开系在码头上的缆绳，启动了马达。晴雨表上的显示是正确的，早晨的阳光覆盖了灰色，给新方达门塔码头的玫瑰红房顶涂上了一层光亮的天然油漆。因为是星期天，所以码头上还看不到一个人，码头的尽头是连接潟湖的没有窗也没有生气的墙面。他们看见，在北边细长的马佐尔博岛前面有几条渔船正在起航，帕特里克没有把船驶向右边通往圣彼得教堂的运河，他说他不喜欢把沉重的大船开到运河里。他绕着城市航行，直到圣埃伦娜岛的岬角，似乎是要以这个方式让弗兰齐丝卡看到清晨的城市全景。在一月早晨明媚的蓝天下，圆顶、塔和尖尖的房顶像上了玫瑰红、黄色和棕色的釉彩，这美丽的景观最终凝聚在圣马可小广场上。

他在圣马可狮子柱前的码头靠岸，以便让弗兰齐丝卡下船。当他们一起站在甲板上时，他问："您今天有什么计划？"

她笑了。"睡觉。"

"睡觉是好事，"他说，"好好睡一觉！然后在今晚或明天早上，您会坐车回德国，对吗？"

"您消息可真灵通。"她说。

"这又不是什么很难猜到的事，"帕特里克说，"除了接受我的建议，您没有其他选择。"

清晨，他建议她和他一起航行一段时间。"我为您提供一个旅游陪同的工作，"他说，"真的，我需要一个甲板上的帮手，您不知道我烦透了那些硬是要跟我去航行的年轻人。真想与一位有文化的女士去旅行一段时间，这将是多么美好啊。与一位像您这样的美丽女士。"他像孩子一样笑着，非常坦率地补充说："我们将是很有意思的一对，我们两个。您在每一个码头上都会受到关注，因为您的红发。在甲板上您当然必须穿牛仔裤和厚厚的深蓝色海员毛衣，我知道在威尼斯有一家店，我们可以在那里买到您所需要的一切东西。""灰色，"弗兰齐丝卡回答，"不能是一件灰色的毛衣吗？我穿灰色比深蓝色好。""我不介意啊，就灰色的吧，"他回答，"我们沿意大利的亚得里亚海岸向下行驶，到西西里岛去过剩余的冬天，然后在春天到来时去蓝色海岸。如果您没有兴趣继续跟着我的话，在那里您能找到任何一个您想要的工作。"他已经忘了我也许怀孕了，到达蓝色海岸时我将有四个或五个月的身孕。但他显然并没有忘记，他说："要是您怀了孩子，那么您可以夏天在戛纳租一套小公寓，从事翻译的工作。我能帮您找到翻译的活儿，而且我也会来看您，九月里您将生下孩子，然后我们再计划。"弗兰齐丝卡的情绪在感动和忍不住放声大笑之间摇摆。我的天，这是求婚啊，一个同性恋者几乎是在向我求婚，这竟然发生在我身上。普通人一定不会那么快、那么实际地理解一个女人的处境，而不把这个孩子打掉的主意却刚好来自一个同性恋者。可是堕胎是多么好的解决方法啊，多么好。要是能成真的话，这几乎等同于魔法，因此一定是有什么不好的事情暗藏在其中。世上没有魔法，即便有，那么也是有代价的，世上所有的魔术师都想要找到能给他们带来神灯的阿拉丁。她是对的，因为此时他又露出了那张百日菊般的脸和孔雀酒店里邪恶的目光。他说："在我与克莱默的事情解决之后，我们就可以启程。"

这些她都还记得，因此当船在广场的码头上靠岸后，就是该离开的时间了，于是她回答："我不能接受您的建议，因为您还要处理您与克莱默的事情。"

"我并不想把您牵扯进这件事情里去，如果您担心的是这个的话。"

她笑着摇摇头。"我已经身陷其中了。"她回答。我能弄明白他到底想要从我这儿得到什么吗？他曾经说过："我对有别于他们的人有偏爱。"好。后来他又说："我能把我的恐惧存放在您那里。"也好。偏爱和恐惧是两个很好的理由，但不是根本的理由，不足以解释为什么他把我牵扯进了这件事情，而且还想要继续把我往里头拉。如果他是普通人，我能对自己解释说，他是爱上了我，他想要我，这是一个理由。但这个……

"我只是想要您在我身边。"他说。他用英语不动声色地说出了这个短句，语气诚恳，既不平淡，也不情绪化。"几天来，"他继续说，"自从我又看见了克莱默，我就知道会有什么事情发生在我身上。而当我昨天在孔雀酒店看到您时，我知道，无论发生什么事情，我都希望您能和我在一起。这是一种突如其来的念头，当然。您还记得吗？我给您讲过，死了的俄罗斯姑娘或许对我来说是一个不祥的预兆。而当我看见您时，我觉得是见到了一个好兆头。"

"您还真是迷信。"弗兰齐丝卡说，并勉强地笑了一下。他是一个有说服力的人。然后她又恢复了镇定，努力让自己不被他身上散发出的气息催眠，即使是在白天，在炫目的晨曦中。"到底会有什么事情发生在您身上呢？"她问，"如果您不理智，您将杀死克莱默，或者是克莱默杀了您。就是这样。为此您不需要什么兆头，好的坏的都不需要。"

他又不在听她说话了。我只需要发出一个警告，一个自动的阴影就会关闭他的目光。这是一个奇怪的人。一个尖锐、清醒的人，一个又小又黑的堕落天使，但他活在感觉、前兆和不确定性中。一个无可救药的人。在他身上一定会发生什么事。她担忧地看了他一眼，然后走上从码头通向圣马可小广场的石阶。

"您至少能与我一起去吃顿饭，"帕特里克说，"今天晚上，在您离开前。"

"我会考虑一下。"她回答。我真的会考虑一下，尽管我不应该这样。我应该离开，不再见他。

"今晚7点，"他说，"还是这儿，老地方。"突然他拍了一下脑袋。"我的上帝，"他叫道，"我忘了最重要的东西！"

他消失在客舱，又立刻回来。"这儿，"他说着话并递给她两张钞票，"我差点忘了您手头紧。请您收下！"

弗兰齐丝卡冷静地从台阶上向下看着他。她看了看钱，那是两张10 000里拉的钞票。"这大概是定金吧？"她问。

他惊讶地抬头看着她，于是她笑了并从他手中接过钱。"谢谢。"她说。

她看着他解开缆绳并开动了船。他们没有挥手告别。船逆光行驶，波光粼粼的水面上很快就只剩下一个影子。圣乔治·马焦雷岛和圣马可小广场间的银色水面让弗兰齐丝卡感到目眩，使她不得不转身并走过广场。此时，在冰冷的晨曦中，广场上没有几个人，显得格外空旷。现在我突然有了30 000里拉，比我前天下午从比菲离开赫伯特时还多。她继续走，像昨天早上那样沿着圣马可大教堂的外墙，巨大的广场此时还在阴影中。走在圣马可小广场上时，她感觉自己像是走在金色的幸运之地，而此时圣马可广场仍被笼罩在冷冷的蓝色阴影之下。她注意到有几个男人正从行政官邸大楼的窗口向外展开蓝色和红色的丝巾。今天有什么特别的事吗？西边宫殿最上面的两层已经有阳光照耀，因此每当一扇窗被打开，就会在广场上洒下一条光，一个白色和金色的标记，紧随其后的是一些旧丝巾的亚光丝绸蓝或丝绸红。30 000里拉和一枚戒指。忽然间一切完全变样了。她走进时钟塔下的梅尔契里埃大街。去邮电总局给约阿希姆打电话。现在我又有了更多的选择。找一家便宜些的旅馆，还有十四天的时间找工作、登广告，以及到处询问，也许会找到什么工作。或者回德国。或者采纳帕特里克的建议。也许他只是心血来潮，大概很快就会改变想法，如果他今天晚上不来，那他就是改变主意了。还有，要是他卷入与克莱默的事中，这种可能性就将立即被排除。我不能与一个杀人犯一同旅游，如果我怀孕了，我更不能与一个杀人犯开始历险。但不管怎样，我可以先假设这不是他的心血来潮，假设我可以说服他不实施对付克莱默的计划，而且我并没有怀孕，那么帕特里克也是一种选择，一个美好的选项。我有时间，可以去逛街。我也能坐便宜的二等车回米兰，在那里我一定会找到工作。当我有了一些钱的时候，就有了很多选择。也就是在这几分钟内。

　　梅尔契里埃大街狭窄的通道里还是冷的，弗兰齐丝卡在还没有开门的商店和垂下的卷帘前走过。因为我又有了几种选择，所以我必须给约阿希姆打电话。我已经给了赫伯特最后一个机会，而且从我离开比菲到现在的整段时间里，我知道我也应该给约阿希姆一个机会，毕竟他没有想到我会走出这一步。也许他的反应不是我想的那样？不管怎样，我必须知道他的反应。我还爱他吗？不，已经不爱他很久了。要是他在电话中表现得体，现在和此后，那我将会留在他的身边吗？我不知道。我真的不知道。如果一个男人是固执的并表现得体，那他就有强大的力量。但只要我处境窘迫，我就不能给他机会。然而，现在我想听听他会说些什么。我现在不再需要他的帮助了，那么我就可以毫无顾忌地请求他援助。我很好奇他会怎样回答。这是一次测试，是对约阿希姆的一次大测试。她突然停下。我有什么权利去测试其他人呢？是因为我比约阿希姆更好，而觉得自己可以去测试他吗？女人是多么有道德感呀！我们总是感觉自己比男人好。很多年以来，我接受了约阿希姆的游戏规则，而现在我决定，如果他不放弃这规则，我就要抛弃他，因为我已经放弃了。不，不要测试，只是打一个简短的电话，因为我曾经爱过他，因为我们曾经一起生活过，因为我是一个女人。因为我是一个女人，所以我不能还没有走到尽头就这样停止。词穷理尽。这就是男人所说的女人的表演：在我们身上总有什么东西驱使着我们走向词穷理尽。

她走到邮电总局的院子里，这是德国商馆大楼里有顶棚的内院。她抬头看着四周褪色的廊台，灰色的内院里一片荒凉，拱廊下的窗口都关闭着。今天是星期天，还没有到8点。但弗兰齐丝卡找到了负责电报和电话的办公室，门开着，阴暗破旧的房间里亮着灯。她预定了一次通话，办事员是一个消瘦的男人，他接过订单时的样子仿佛就是她的同谋。一位红发女郎，早晨，一个外国女人，她很漂亮，独自一人。也有意大利女人独自前来，但她们总是不像某些外国女人那样孤独得如此自然。弗兰齐丝卡坐在破旧的桌子边，桌上放着吸墨纸，还有嵌入式墨水瓶和褪色了的钢笔。

电话很快就接通了。星期天的清晨，电话线路是畅通的。那位办事员从窗口朝她喊了一声"多特蒙德"，这声音听上去带有罕见而陌生的意大利口音，元音突出，辅音模糊。弗兰齐丝卡疑惑地看着他，然后他说："2号电话机！"声音是亲切的，这里只有他们两个人睡眼惺忪地待在星期天早晨的邮电总局，以前的德国商馆。弗兰齐丝卡站起身朝电话间走去，拿起听筒的时候她感到又兴奋又激动，但她并没有糊涂或慌乱，她保持着一种激动的冷静。在她说"你好"之前，她把身后电话间的门关上了。

电话已经接通了，她立刻听到了约阿希姆的声音，而此时并没有威尼斯或多特蒙德的接线员小姐——出于谨慎和保守邮政秘密——造成她与这个声音间的连接和断开，这个声音立刻出现了。

"那么你是在威尼斯了。"她听见他说。

他显然是已经知道了她的出逃。赫伯特一定是立刻开车回家了，昨天，或者也许是他给约阿希姆打了电话，从米兰开车回多特蒙德不可能那么快。她迅速思考着，决定谨慎说话。

"你不想说什么吗？"他问。

他的电话机就在床边。现在是大清早，他还在床上。有几次当他打电话时，我就在他的床上，躺在他的身边。那个时候，我是爱他的，我喜欢看着他躺在床上通电话，听筒夹在他的耳朵和肩膀之间。他通话时有一种平静、专注和思考的样子，人要是像他那样通话，是会成功的。

"听着，"他说，"这事本来与我无关，但这是你的钱。从威尼斯打电话到多特蒙德不便宜，更不用说是在星期天的8点之前。你应该打一个由对方付费的电话。"他的声音带着隐隐的讥讽。"在这种情况下，我一定会破例接一个由对方付费的电话。"

"赫伯特已经回多特蒙德了吗？"为了赢得时间，她问。

"没有，但他在路上了。"

她松了一口气。这下他就不用给赫伯特下达到这儿来找我的指令了。

"离开赫伯特是件蠢事！"

她细听他的声音。电话会改变声音，平时不被注意到的莱茵地区的口音会在电话中凸显。莱茵地区的口音影响了他的声音，使他的声音变得圆滑而老练，听起来像是莱茵地区俗称的"情场老手"。但约阿希姆不是一个好色的人，虽然他很圆滑，是一个圆滑而冷静的生意人，一个不接对方付费电话的人。但同时他并不幽默，只是很实际，他没有轻浮到好色的地步。

"我不只是离开了赫伯特，"她说，"更何况，我不在乎这样做是否愚蠢。"我说话已经开始像奥马利了。她想起与那个陌生人的深夜对话，他已经不再是陌生人了。

"奥马利先生，"她说，声音中带着一点庄严的嘲弄，"请留在您的船上。很久以前，在过去的生活中，您也许有过罪过。大多数人都是有过某种罪过的，而他们必须带着这罪过活着。但是，现在您是一个独自在船上的人。如果您感到不安，则是您自己愚蠢。"约阿希姆的观点——她这样离开是愚蠢的——就像是她对帕特里克的观点的回应。她给约阿希姆的回答，就是在回应帕特里克给她的回答。"同样，"他曾经说，"克莱默当时也呼唤过我的智慧，我给您讲过的。从那以后我对自己发誓，再不能上当。"她还想起来，在他的眼中出现了仇恨的颜色，这是他记忆中的仇恨。

"我不理解你为什么给我打电话。"她听见约阿希姆说。

"我需要钱。"她回答。

"那就是说赫伯特是对的，"他说，"他认为，你身上没有多少钱，所以很快就会放弃。我对他说，我认为这绝对不可能，你既然这样做，一定是事先都计划好了。"他停顿一下，最后生气地说："那是我错了。"

"你又错了，约阿希姆。"她说，她的声音充满嘲弄。当他因为我而生气时，我就会更喜欢他。哦，如果他能知道就好了，当他因为我而生气时，我有多么喜欢他。"我不会放弃的，我根本不考虑放弃。我只是需要你给我一点钱，使我不必放弃。"

她紧张地等待着他的回答。我是不是走得太远了？我是不是明显地在给他一个机会呢？我想要给他一个机会吗？我想给他希望，让他有一天能爱上一个女人，而不再使她成为他的囚犯，是这样吗？"您错了，帕特里克！"

我几个小时前提醒过他，"这个人完全知道他将从您这儿得到什么。""也许，"他回答，"但我不再是他的囚犯，我可以下手。"这就是那个小魔鬼与我之间的区别：我不再是约阿希姆的囚犯，但我却没有一丝对约阿希姆下手的想法。她想起来，她对帕特里克说过："但您还有恐惧！"此时，在与约阿希姆的对话中，弗兰齐丝卡理解了奥马利的动因。他的恐惧比他自己更了解这件事，它知道他仍旧是克莱默的囚犯。他必须杀人，并不是因为要恢复自己的尊严，复仇并不会还给他尊严；他要杀人，仅仅是为了不再做克莱默的囚犯。而我呢，我不再是约阿希姆的囚犯了。我不再是他的囚犯了，因为我不想报复他，因为我在他面前不再有恐惧，因为我甚至能再给他一个机会。她思考得太过投入，以至于过了好几秒钟才恢复意识，听到约阿希姆的回答。

"我不考虑给你汇款，"他说，"我会给你寄一张从威尼斯到多特蒙德的火车票。"他以一种近乎仇恨的声调继续补充说："当然是卧铺。"

我其实已经能放下听筒了。我仿佛又回到了前天下午，当赫伯特用"运营安全事故"这个词的时候。对于像赫伯特和约阿希姆这样的男人来说，只有运营安全事故。但对赫伯特，我是追问到底了，我要问约阿希姆什么呢？

"你真的相信，约阿希姆，"她问，"我们会一直这样下去吗？"

"就这样继续下去，"他回答，"你一直很喜欢啊。"

她感觉到自己的脸羞红了，即便是在这儿，即便她独自一人。他是对的，我一直很喜欢这样。直到不久前，我还一直很喜欢。尽管这样并不是很有趣，尽管更多的是忧伤，特别是在事后，但我确实喜欢过。然后她对自己说，这就是克莱默的方式。克莱默胜了，因为他让他的牺牲品感觉到活着是多么有价值。而活着是人所渴望的。像克莱默和约阿希姆这样的人的恐怖比酷刑者的恐怖更有效。这恐怖就是帕特里克所说的"一个巧妙的发明"，它让我们自动地被上了发条。

但随后出现了一个奇迹，骤然间恐惧从她身上消失。这个奇迹就是，她突然想起来自己可能怀了孩子。因为走出了一小步，这个此前一直让她感到害怕的想法，却在此时使她通向自由。他是错的，不能再这样继续下去。因为我怀了孩子，所以不能这样继续下去了。因为我也许怀了孩子。他的恐怖没有找对时间。我不再是一个像他和克莱默之流所需要的人：被捆绑住手的牺牲品。我不再是一个能被上发条的人。尽管我身处困境，尽管我没有选择，但我不必再做我曾经喜欢做的事。她脸上的羞红早已转变成困惑的红色。弗兰齐丝卡为自己矛盾的想法而困惑，这是一个缠绕着她的全新的感觉，她无法摆脱这种困惑，但她清楚地感觉到，自己是自由的。

她几乎彻底忘记了电话另一头的那个男人，然后她又想起来他的存在。他躺在那里，在他多特蒙德的家中，在他的床上。而正是因为他在床上躺着，而不是像平时那样，穿着得体，圆滑地站在写字桌前与她通话，她才感觉到了他的仇恨，这是一个无力抵抗的男人的仇恨。这个男人想要这样继续下去。而他此时已经知道，如果不这样继续下去，他曾经用恐怖的方式占有的这些囚犯将消失，他生命中的某些东西也将破碎。他需要我，但只有继续维持我们以往的关系，他才需要我。这是一种特殊的变态，这是一个虐待狂的变种。她现在能很冷静地思考，而且能冷漠地对待那个躺在床上的男人在她挂断电话后将要经受的那种痛苦，她没有感到丝毫的怜悯。那是他的事，他必须自己去处理。她只是为他感到难过,我对他做了这种事。她以一个不再爱他的自由女人的姿态,带着一种无意识的残酷,放下了电话听筒。

这通电话花了1200里拉,弗兰齐丝卡付了钱便离开了办公室,回到德国商馆大楼里褪色的廊台中间,这事也结束了。她走到一条街上,看见街的尽头是通往里亚托桥的台阶,阳光照耀着桥,桥上人来人往。很好,这事也过去了。她觉得满意,满意是一种不好的感觉,但人在某些情况下会感觉到满意,我无法控制。我是快乐的,因为我与约阿希姆扯平了。她不经意地往桥上走去,我应该从里亚托坐汽艇去圣匝加利亚,然后回旅馆睡觉吗?她感觉到自己熬夜后有些困意,但我不是真的困了,只是有些疲劳,我现在一定很难看。她走进汽艇站边上的一家咖啡馆,喝了一杯意式浓咖啡,但她后来还是没有坐汽艇。我必须走路,空气这么好,天气也晴朗,自从我来到这儿以后,天还没有这么好过。于是她又步行回梅尔契里埃大街。

圣马可广场现在终于有了许多人,他们成群结队地聚集在广场上。人群组成三角洲的形状,像从瓶口溢出的水一样从入口流进广场。广场周围挂着蓝色和红色的雅致的旧丝巾，旗杆上崭新的绿、白、红三色旗帜在海风中沙沙响动。一定是有什么特别的事，某个节日。广场上充满节日气氛，它的西边已经沐浴在阳光中，弗兰齐丝卡的目光无意识地向上望着在阴影中的深红色钟楼，它的白色尖顶直插入罕见的透明的蓝天。我还从来没有上去过，这是游客做的事，但也许是一件了不起的事，我也想试试，因为我现在与约阿希姆扯平了，因为这儿将要发生什么特别的事情，因为我又有了选择。站在上面的空气中一定很美，也许今天上午那上面将只有我一个人，没有多少游客，而且这么早，他们都还没有起床。眼前的这些人都是威尼斯人。她很幸运，钟楼售票处的女售票员已经来了，她说现在还太早，但她能先卖给弗兰齐丝卡一张票，她甚至还为弗兰齐丝卡打开并关上了电梯门。弗兰齐丝卡慢慢地向上。

从电梯里出来后，强劲的东风迎面吹来，她不得不把衣领翻上去，蜷缩进大衣里。她有点发抖，而且阳光有些刺眼，于是她在一口大钟旁找到一个角落避一避。过了几秒钟后她才敢睁开眼睛，她看见了海。从这个高度看，大海就像一面高耸的墙，它的上沿就是比天的颜色更深的天际，深色且没有固定的边界。在这个早晨，亚得里亚海的天际有石板色的透明的云层，大海表面的颜色在这云层下变化成一层灰色的釉彩，釉彩之下是一层紫红色。陆地向下渐渐变成浅墨色，但大体上是一种甜蜜的紫红，总被一层发亮的灰色油漆覆盖着。这陆地就是利多岛，好像一只自信的手在地图上用铅笔画出了一条线，一条在石板色的海、蛋白石色的海和泛着银色的潟湖之间的线。

弗兰齐丝卡被潟湖的反光刺到眼睛，所以转向另外一个方向。那里，群青色的天空压着大地，天空碰到大地的地方有一层雪白的云。但是，这并不是云，这是山，这是多洛米蒂山脉的雪。她惊讶地看着山峰，那片雪白在天空的蓝色和大地的棕色之间漂浮。因为天空和大地的颜色是如此清晰透明，所以她把山当作了云。多么壮观的景象！我从来没有来过钟楼，我曾经是一个笨蛋。但也许在我前几次来威尼斯旅游期间，从来没有过这样特别的清晨。也可能这景象就得出现在今天，而我正好上来了，这是为我准备的。从亚得里亚海到阿尔卑斯山的这幅全景图，这幅钟楼的全景图，这幅旅游全景图，它真的与我有关吗？奇怪，我怎么有一种感觉，那就是它确实与我有关。这是著名的旅游全景图，却毫无被踏足过的痕迹。这是冰冷的一月全景图，是鸟瞰图，刮着冬天的风，是群青色和金色的景物图片展。

比如，它向我表明，如果我要回德国，那就必须到山的后面去，今晚或明早。在威尼斯的钟楼上想这个问题，弗兰齐丝卡觉得自己很荒诞可笑。这是很显然的，从威尼斯的钟楼望去，在阿尔卑斯山周围的蓝色天空后面，在山的后面，在七个小矮人那里，在约阿希姆和赫伯特那里，除了弥漫的灰色，没有其他东西。这当然是无稽之谈，那后面是广阔的、灰色的北方，阳光普照的北方，那是我爱的地方。但当我在蓝色的苍穹下鸟瞰时，那后面仿佛什么也没有。在天空之后只有空虚。

然后她的注意力集中到了城市：从水里生长出来的岛屿和岛屿上的房顶，以及那些她熟悉和不熟悉的塔楼。但城市的景象并不像大海、天空和山脉那样让她着迷。她很高兴赫伯特不在旁边，否则他一定会给她讲解城市的每个细节，那样的话，她也许会知道几个名字，但肯定会生气的。她宁愿不知道大运河河口的圆顶就是安康圣母圣殿的圆顶。名称只会更加碍事，人们会想：大运河，安康圣母圣殿的圆顶。于是人们会忽略其他的东西，而欣赏会被名称掩盖。其实这不过就是银蓝色水边的一个铜绿色的半圆和立体黑影，但赫伯特此时将会说："看，隆盖纳[1]设计的圆顶多好，独一无二！"她浑身颤抖了一下。现在我一个人来，这多好啊。但当她发现自己根本不是独自在这儿时，她感到有点恼火。一个男人上来了。他站在平台的北面，靠着有栏杆柱的护栏，俯瞰着圣马可小广场。他没有戴帽子，有一头深色短发，而且风似乎根本不影响他。弗兰齐丝卡看不到他的脸。

下面的小船、贡多拉和大船让她想到了帕特里克·奥马利的船，也许那艘船也在水上航行，或者停靠在某个地方。我忘了问他今天要做什么以及要去哪里，但是不管他做什么，都一定是为了跟踪克莱默，他是一个准备出击的少年。这种方式听上去没有什么危害，但帕特里克并非善良无害的人，他就像任何一个准备出击的少年，意识中只有敌人。患白化病的动物、白鲸、恶棍。她下意识地把克莱默想象成一条大白鱼，一条有邪恶的红色小眼睛的白

<hr/>

1巴尔达萨雷·隆盖纳（Baldassare Longhena，1598—1682），意大利著名建筑师，推崇巴洛克建筑风格，其作品主要分布在威尼斯。

鱼，这条鱼在威尼斯的运河中迅疾而谨慎地游动，或者无声地待在栅栏下，被手持鱼叉、又黑又瘦的帕特里克追踪着。我有文学的想象力，我读过很多书，但文学的想象力与其他任何想象力一样，可以是真实或不真实的。我不能放弃我读过的东西，我不能放弃文学的真实性，要是文学有某种意义的话，那么其意义就在于它的真实存在性。那本我"仅仅"读过的《白鲸记》中的白鲸是如此真实，就像"真实"存在的克莱默审讯官或者约阿希姆，就像约阿希姆的"就这样继续下去，你一直很喜欢啊"那样真实，就像克莱默所说的：在血淋淋的监狱躺着却不接受卑劣的生命，这是荒唐的。他把这生命给了帕特里克，约阿希姆给了我。她突然发现自己与这个城市纠缠在了一起，这是帕特里克无情地寻找克莱默的城市，是我坚定地逃离赫伯特和约阿希姆的城市。赤陶屋顶和色彩斑斓的运河构成的岛上美景，猛然间在她的眼前展现出一幅命运之图的威力，它就在这下面。她觉得这一月份早晨的太阳正朦胧地照耀着威尼斯，那里有一条患白化病的、邪恶的白鱼在游荡。我应该帮助帕特里克，不应该让对付恶魔的人独自行动。

但是，最理智的做法自然是回到山的后面去，接受一份有保障的工作，这是一个简单而理智的解决方案。如果我生下一个孩子，不会有其他什么人提出疑问。即使我没有怀孕，我的激动不安全然徒劳，那么与帕特里克的历险旅行也根本不是一个解决方案，也不是我从前天下午离开米兰比菲的餐桌到现在一直在等待的大的解决方案。弗兰齐丝卡急切地感觉到，这下面的城市、山脉和大海，都是能供她选择的机会。大的解决方案和正确的解决方案，将是一个让我没有选择自由的方案。

这一刻她感觉到那位仍然靠着护栏的男人正注视着她，她慌乱地走出了角落。当她从他身边走过时，一阵风向她吹来，仿佛要把她的头发从头上吹走。他又转身俯瞰圣马可小广场。当弗兰齐丝卡走向出口时，她看见了从她刚才站着的角落看不到的那部分景观，她望着向西面和南面延展的巨大的平面，那是陆地。我应该留在那里，留在波河平原，那里比这个岛更好。她看见了大坝尽头的梅斯特雷，想起前天晚上火车在那里的短暂停留。我应该在那里下车的，内陆会有更多机会，我也将有可能从那里到其他地方去。我也应该留在米兰，在米兰或梅斯特雷，无论什么地方，只要有工厂、工作室、工作职位。就在那一瞬间，大钟开始敲响，突如其来的刺耳的声音，仿佛矿山猛烈的爆炸声，把弗兰齐丝卡震了回去。她突然站在了那个男人身边，他与她一样捂住了耳朵，他们同时惊讶地盯着大钟，大钟正毫不留情地在它的位置上摆动，圣马可钟楼敲响了9点的钟声。终于弗兰齐丝卡和那个男人面对面了，他们尴尬地笑了。在钟不停地敲响时，他们放下各自的双手，习惯了这疯狂的不愿停止的矿石声音。

我喜欢他的脸，一张消瘦的、不黑也不苍白的脸，一张不起眼却很精致的脸。一个威尼斯人吗？他看上去就像前天晚上当我看见总督官的灯光时想象的男人的样子，这光在粉红色和紫色的玻璃后面，使官殿变成了白金色，就像一座燃烧的冷傲墓碑。我当时想，这灯光点燃了优雅的男人，这样的男人几乎懂得一切，优雅、智慧、冷静的男人，而我在这想法中产生了一种模糊的希望。我知道这希望很快就破灭了，但我现在还能记得。他与我差不多高。他穿着一件有内衬的棕色夹克，像法国人说的那种加拿大式外套。因为这可怕的钟，他现在笑了，但他的脸是严肃的，不是我在拱廊街观察到的卡宾枪骑兵的那种严肃，他的严肃不是装的。

他们一起转过身，就像是要坚决地抵抗大钟，并逃避不间断的钟声。现在弗兰齐丝卡终于能观察到圣马可小广场上的盛况了：一条由栅栏围起来的通道从码头一路畅通无阻地延伸至总督宫的大门，穿着制服的士兵正在做封锁隔离带，彩旗飘扬。威尼斯今天有什么事？在大钟的噪音中，她不得不喊叫着对身边的这个男人提出她的疑惑。

"格隆基的国事访问。"法比奥·克雷帕兹大声回答。当他注意到她没有听懂时，他又喊道："共和国的总统。"

她记起来这个名字。格隆基，就是意大利的豪斯[1]。她感到钟楼上的这个男人并不激动，而是冷静而肯定的，但因为钟声很大，他不得不喊叫着告诉她这个信息。格隆基与他没有关系，就好像豪斯与我无关一样。无论在威尼斯还是在其他什么地方发生这类特别的事，都与我们无关。然后大钟终于停止了敲打，虽然它还微弱地响了几次，但强大的轰鸣声就像它突然响起时一样，突然就停止

1特奥多尔·豪斯（Theodor Heuss, 1884—1963），德国政治家和作家，1949至1959年间担任联邦德国总统。

了。声音的戛然而止让她耳聋，耳聋的同时还有些心灰意懒，甚至她身边的那个男人一瞬间给她带来的奇迹也同时停止了。弗兰齐丝卡只能感觉到风的冷、耳聋、心灰意懒和通宵未眠后的疲惫，她冷静地对这个男人点点头并转身准备走。她没有等待电梯上来，而是直接从钟楼的楼梯走下去，从圣马可钟楼内部充斥着尿味的灰白色通道往下走去。

法比奥·克雷帕兹，上午

当法比奥·克雷帕兹半跪着在地图上查看斯堪的纳维亚的轮廓时，他想，弗拉·毛罗[1]一定曾经确信地球是球形的，因为在弗拉·毛罗的世界地图上，北方是在最下端，而且斯堪的纳维亚像是被挤压着。在1458年，那位修道士将当时为人所知的所有地区都挤进了一张平面圆图中。那时候教会不承认对跖点的存在。

每次法比奥来到图书馆，他都不会错过观察古世界地图的机会。今天，在贝尔达迪教授离开之后，他独自一人与地图在一起。法比奥还从贝尔达迪的办公室看了一会儿欢迎格隆基的准备工作：卡宾枪骑兵乐队奏响了音乐，长号在早晨的太阳光下闪着光，但它的声音被军号发出的急

1弗拉·毛罗（Fra Mauro），15世纪意大利卡玛尔多利的修士，也是一名地图学家。他曾以惊人的精确度绘出一幅世界地图，图中有大量的注释，反映了当时的地理知识。

183

促而刺耳的声音盖住了，几乎听不见。他无聊地离开了这个房间，沿着图书馆里放置着一个个书柜的长廊走去，然后打开了一个小房间的门，那里存放着几个古老的地球仪和几本阿尔定版的古书，在房间窄边的一个帘子后还有一张大的旧地图。他充分利用这次机会。即使在暖和的季节也很少有游客来这个收藏室，因此今天门也是紧闭的。如果你与一位办公室正好在档案室中的学者有来往，而且正好了解一些相关知识，那么你就有机会欣赏《格里马尼祈祷书》、彭波萨修道院的古版书和《弗拉·毛罗[1]世界地图》。法比奥像一个偷偷溜进禁室的小偷或小男孩，尽可能轻地把帘子拉开。在这个房间里，长号和军号的声音像是从很远的地方传来，成为一种被减弱的世界的回音。但世界地图的色彩丝毫没有减弱，只是图中的蓝色、绿色和棕色有些变暗。这张两米高的地图被固定在一块暗的、接近黑金色的底板上，并垂直地挂在帘子后。

法比奥思考着，弗拉·毛罗是1457年前后最优秀的地理学家，当他开始画这张世界地图时，他应该对地球是否

1原文为拉丁语*Geographus Incomparabilis*（无与伦比的地理学家），是后人对弗拉·毛罗的尊称。

是球形有过猜测与怀疑。他也得到葡萄牙国王阿方索五世委任，那时葡萄牙王室刚听取了托斯卡内利关于去印度的最短海路的观点。弗拉·毛罗了解当时在欧洲和西南亚的所有地图，也了解托斯卡内利的波特兰海图，知道该图精确地描写了各个海港之间的航线。但如果托斯卡内利的描写是正确的话，那么地球的表面就是弯曲的，而且这曲线应该无限延伸成一个球的形状，否则海水到达边界时就会流走。法比奥认为，弗拉·毛罗一定是清楚这一点的，那么就是说马鲁斯的克拉特斯[1]战胜了像埃德萨的雅克布斯那样的神父们，而教会不承认地球这颗行星是球形的。也就是说，科学的地下运动取得了胜利。

但如果这位卡玛尔多利的修道士不相信，也不能相信当时教会的学说，即地球是一个圆的平面，为什么他没有放弃这种学说，而是不顾及自己更广博的知识，把地球上的这一部分挤进边缘，使它仍然能在这个圆形中呢？显然这不是因为惧怕邪说及其后果。15世纪中期，一位不可或

1马鲁斯的克拉特斯（Crates of Mallos），公元前2世纪的希腊语言学家和斯多葛派哲学家。他设计了一个代表地球的球体，这是传说中最早的地球仪。

缺的专家是允许发表任何言论的，教父们都很明智，他们知道君主需要这样的专家。直到一百五十年之后，教会才火烧了乔尔达诺·布鲁诺，并驳回了伽利略。那么，惧怕不是当时的理由，法比奥想，弗拉·毛罗甚至根本不会对克劳狄乌斯·托勒密的权威有丝毫惧怕。法比奥欣喜地观察着地图上的一些点，那是穆拉诺岛的修道士采纳了克劳狄乌斯·托勒密的观点的部分，而弗拉其实是持怀疑态度的。他用细笔在那上面写着："我不相信克劳狄乌斯·托勒密。"法比奥确信，当时弗拉一定鄙视过那位航行到印度的科斯马斯[1]。

法比奥认为，只有一种解释：弗拉·毛罗喜欢地球是一个平盘子的想法；弗拉·毛罗有着对圆盘地形的执念。法比奥知道自己为什么那么喜欢来图书馆的这个小房间，把帘子拉开并观察地图：因为他也像这位在1460年去世的修道士一样，更喜欢在一个盘子上生活，而不是在一个球上面。每当他想象这个球的时候，他就会感到无聊。

1航行到印度的科斯马斯（Cosmas Indicopleustes），公元6世纪的希腊旅行家。他曾旅行到埃塞俄比亚和印度等地，并根据见闻创作了《基督教地图》，这成为最早也最为著名的世界地图之一。该地图的中心思想是：世界是平的，天堂是盒状的。

他觉得这是一个假想的无限，因为球没有边，所以人总会回到他出发的地点。他想，因为地球是球形的，所以我不喜欢旅行，除了那次西班牙的历险外，我几乎没有离开过威尼托大区。要是能到地球终止的地方去，那么旅行才有意义。他沉浸在古世界地图上围绕着大洲的海洋世界的蓝色波纹中。谁要是相信圆盘，相信盘子，相信平的碗，那他也会相信，如果到了海洋的边缘，爬上阻挡大海的山脉，他就能看到地球之外的空间，看到一切或虚无。地球终止的地方，时间终止的地方，只有空间的地方，那里会是什么样子的呢？山脉会断裂成无限巨大的灰色深渊吗？人的目光能测量出地球最底层有多深吗？法比奥猜想，人在这景象前会由于兴奋和激动而变得疯狂，于是会想要慢慢地掉入深渊。也有这种可能，地球的边缘被火山撕裂，形成正在燃烧或者已经熄灭的火山口，以及月亮般苍白的灰烬湖和黑色镜面般的黑曜石荒野，就像曾经吸引恩培多克勒[1]纵身一跃却留下他的鞋的那座火山一样。但最重要

1恩培多克勒（Empedocles），希腊哲学家。传说中他最后跳下西西里岛的埃特纳火山，以证明他的躯体已消失，幻化成了不朽的天神，但火山把他的鞋抛了回来。

的是，法比奥想，应该找到一处高耸的悬崖，好从那里跳入空间，跳进空间、宇宙或虚无中。人将下坠，无休止地下坠，在余生中不断地下坠，时时刻刻，日日夜夜，最终永久地坠入没有时间的空间里，陷入没有落地一击的下坠中。意识会熄灭、复燃，熄灭、复燃。最后人会在下坠中死去，在死亡中继续下坠，在下坠中分解，成为一颗无机物，在无限中消失。

圣马可小广场上的军乐声打断了法比奥的冥想，他不情愿地想起地球是球形的，人不得不在这个球上爬行，永远到不了边缘。他拉好《弗拉·毛罗世界地图》前的帘子：中世纪的地理学是错的，但它比新的宇宙学更能激发法比奥的幻想，这新的学说不过就是认为宇宙是弯曲和封闭的。

离开圣马可图书馆时，他快步沿着图书馆的柱子行走，避免与朝圣马可小广场涌去的人群相遇，他感觉自己的离开就像是在责备这个书的世界。他在年轻的时候决定参与革命运动，但是从某一刻起，运动背弃了他，背离了他一直以来追求的愿景，于是他最终独自留下了，唯有他的小提琴做伴。有时候，像古世界地图那样的作品会让他充满嫉妒的情绪。要是我当时选择了科学而不是革命运动，他想，那么，我就不会像现在这样生活。一个在运动失败后失去一切的男人，一个满足于演奏得差强人意的音乐的男人，而其余的我，就是一个观察者、一位观众、一个外行。科学是另一种很好的选择，也许这才是真正的运动，但我错过了它。我没有及时明白，科学才是纯粹的运动，是通过原则来改变世界的运动，是除了精确的描写和冷酷的注解外没有任何多余东西的运动。我不够冷酷，不够聪明，也不够迅速，因此不能理解科学研究所提供的机会。这是他今天离开了图书馆和总督宫之间的人群后，走到宽阔无人的圣马可广场上时还一直在思考的事。但当他的目光扫视着在太阳光下闪着光的蓝色和红色的旧丝巾时，他想起了家乡梅斯特雷的苦难，想起了少年时在梅斯特雷的苦难中拉小提琴。这已经够了，他想起，我并没有在小提琴中迷失，我一直是清楚准确地学习拉琴，总是清楚准确地认识到梅斯特雷的苦难，我没有在小提琴的苦难中迷失，没有将苦难用小提琴来发挥。梅斯特雷。他不记得什么时候到"对面"去过，大概是夏天。他思考着，又一次清楚地认识到，他越来越迟钝、停滞不前，只生活在岛上。在威尼斯岛上的生活如同被囚禁于坚固的习惯之网中。贫民区的寓所，凤凰歌剧院，伍果的酒吧；时常无拘无束地去看望魔幻般的朱丽叶；偶尔在一张老地图前、一次谈话中或一个梦里体会隐藏于其中的神秘时刻；有时甚至会尝试一次连奏，在这连奏中，小提琴似乎比精湛的技艺更重要；或者从桌子的抽屉里取出他的卡片，把这些写着简单句子的白色小卡片排列到空空的桌子上——他只让那幅乔尔乔内的《暴风雨》的复制品留在桌上——以便琢磨它们是否有意义并且甚至可能藏着一个计划。这是一个写着一句句构思的单人纸牌游戏，上面的句子都是他在那样的时刻想到的：在他去排练时；或者夜晚在伍果的吧台前；或者夏天陪父亲去钓鱼，当渔船在托尔切洛岛前一片玫瑰红的湿地中漂泊时；或者当他在圣马可广场的石板——中间是来自尤根尼恩山脉的棕色粗面岩，周围是白色的花岗岩——上来回踱步，满足了他对几何的热衷时。

他抬起头，感觉到一阵凛冽的东风刮过广场。他望着空旷的蓝色天空，在那里，圣马可钟楼就像耸立在空中的一块赤陶板，像一根图腾柱。他忽然想起来，至少可以再远眺一次梅斯特雷，这对钟楼来说是最理想的天气，这样的天气每年只会出现一两次。在潟湖后面，平原之上，阿尔卑斯山清晰可见。

钟楼的售票处没有人，那位女售票员大概正好离开去格隆基所在的地方看热闹了。法比奥摇摇头，自己打开了电梯的铁门，进入后又关上门并按下了开关。上升时，他看见钟楼里灰色的石制旋转楼梯在一点点从他的身后消失。走出电梯前，他把有内衬的棕色夹克的领子往上翻起，准备好应对平台上刮来的刺骨的东风。当他站到平台上并向梅斯特雷眺望时，这风正好吹到他的身上。他看见在大坝尽头的梅斯特雷，这之间的距离比他记忆中还是大了些。小小的梅斯特雷就在西边，在潟湖的那边；小，但恰好被东风拂过，像一个微型的水晶模型。大坝的左边是蒙特卡蒂尼公司庞大的建筑群，还有炼油厂的银色油罐。法比奥想象着自己甚至看见了周围的油管、大坝右边的其他工厂、工厂前面的城市大楼，以及长长的主街两旁那些他熟悉的房子，但距离确实是太远，他认不出他的父母和妹妹住的房子。他只能猜想，那是在主街的尽头，梅斯特雷从那里开始消失，变成一组组分散的居民楼。那栋房子坐落在潟湖附近，在一片延伸至芦苇带的石子路上。这样的天气，父亲一定没有去捕鱼，刮着东风的晴天对渔民来说不是好天气，鳗鱼看见头上有深色的船底就会游走。但也许父亲昨天就顶着大雾开船出海了，在托尔切洛岛过夜；那么他今天会启程回家，很可能没有收获；那么之后的几天里，家里就会缺钱，比平时更拮据；那么他们就只有罗莎在肥皂厂工作挣到的一点点钱；那么法比奥又要帮助他们，因为罗莎不能给家里更多的钱。她想星期天穿上漂亮的裙子来威尼斯，在这里看电影和跳舞，因为她还想找到一个男人，尽管她已经三十岁了，体态发胖，名声也不好，与男人有过太多纠葛。她是一个大度而活泼的人，只要没有奇迹发生，她这个样子是找不到男人的。这就是梅斯特雷：蒙特卡蒂尼公司、肥皂厂和其他一些工厂，还有一条长长的主街和一片芦苇带。这就是罗莎，他那让人无法抵挡的傻妹妹，一个会被每个男人欺骗的轻佻的女人，他爱着的女人。还有老皮耶罗·克雷帕兹，他几乎是梅斯特雷最后的渔民，这个城市的潟湖捕鱼业萧条不堪，只有几个老渔民还在捕鳗鱼。最后还有他的母亲，她以前帮别人洗衣服的时候，会听他拉小提琴，听他练习把位。后来法比奥的革命友人们聚集在他那里商讨时，她还会为他们煮清淡的咖啡。他的母亲从未抱怨他拉小提琴越来越生硬和单薄。当地下游击队引起当局的注意，他们不再到他的家里碰头时，他的母亲也没有在他出发去西班牙的那一刻表示出怨恨。直到最近几年，当她明白了自己将不会有孙子孙女，在梅斯特雷不会有孩子们在她的膝下吵吵闹闹，没有喧哗，没有嬉笑，没有眼泪，没有要抚摸的脏兮兮的小手，没有要填饱的小嘴的时候，她才像老人一样开始埋怨。梅斯特雷北面的多洛米蒂山脉仿佛是在天空飘浮的云彩，法比奥沿着平台的护栏走到能俯瞰圣马可小广场的地方。快要到9点了，9点钟应该是格隆基的船到达总督宫前的时间，但就在他决定跟随自己的意愿时，他注意到了一位女士，她背对着他站在大钟旁的一个角落里。他很吃惊，他本以为自己是一个人在钟楼上，这另外一个人的出现几乎让他在一瞬间惊愕了。这个女人望着南方，望着海，或者说更多的是望着虚无。她闭着眼睛，至少法比奥能看到的那只眼睛是闭着的，他只观察到她的左后方，所以只能从她的轮廓来判断。她为了躲避强烈的东风而找到了一个隐蔽的角落，那里一定是温暖的，在阳光照耀下的温暖。她闭着眼睛，脸朝着太阳和大海，眼睑合上的样子不像是在睡觉，而是充满疲惫。她背靠着角落的墙，手放在驼毛大衣的口袋里，狂乱的风时不时吹起她的头发。她有一头直发，大概到她的脖子中间那么长。有时它们被风一缕缕地吹起，仿佛在她脸庞上散开的薄薄的幕帘，在阳光的照耀下闪闪发光。深红色发亮的线条，法比奥无法做进一步的区分。它们在并不苍白的皮肤前闪烁飘动，这皮肤是亚光的，即便被蓝天下的光直射着，依旧呈现出均匀的亚光色，像很浅的沙子或鸽子羽毛的颜色，像亚光真丝的表面，只在几处地方时有中断：在眼睛下因疲劳而产生的黑眼圈里，在一条从嘴角延伸至鼻翼的浅皱纹中，最后还在她的嘴唇上。精致、线条清晰的嘴唇几乎紧闭着，嘴唇上方笔挺的小鼻子并不特别，但在鼻翼与结实的短鼻梁间有优美的凹陷。这个女人不高，但也不矮，法比奥猜想这是一个三十来岁的女人，一个外国女人。没有意大利女人会早晨9点不戴帽子也不拿手提包，手放在大衣口袋里，闭着眼睛站在钟楼上，脸朝着大海，让阳光温暖着。她一定是感觉到他的目光了，因为这个时候她睁开了眼睛，但法比奥及时察觉到了，因此他还没来得及看清她眼睛的颜色，就已经改变了姿势。他望着下面广场上发生的事，只能猜想她在那一刻将头转向了他，她大概也因为突然知道自己并不是独自在钟楼上而吃了一惊。船靠近了圣马可狮子柱前的码头，在圣乔治·马焦雷大教堂的影子中优雅地转向圣马可小广场，船头站着一位身着阅兵制服的军官，两腿分开直立着。可怜的猴子，法比奥想，因为法西斯主义曾经让军队如日中天，所以他们至今还不能放弃墨索里尼时代的姿势。在他感觉到那个女人的目光正看着他的脸时，他想了想自己是否也曾经是个军人，尽管他当年只是社会地位不被正规军认可的国际纵队的军官。有那么几次，这个想法让他感到不舒服，但当军队的权力变得势不可当时，他也不再想这事了。不过他仍然是一个对士兵生活有偏爱的人，他喜欢穿加拿大式外套，那是在比扬库尔和都灵之间的工人们穿的工作服，是拉丁民族的工人们穿的工作服。但这个正在观察他的女人，一个三十来岁的女人，却穿着驼毛大衣，一件女士大衣。他想，柔软的高贵的料子是否会更适合她，会与她的皮肤更配。他把她的皮肤想象成一段旋律，在这段旋律中，浅色沙子或鸽子羽毛与亚光真丝般的皮肤形成对位。但她不是一个享乐主义者，法比奥认为，她的脸上有一种努力、精力充沛并且十

195

分务实的表情，这种表情只有工作的女人才有，是她们卖命工作时才有的紧张状态。法比奥能分辨工作的脸和不工作的脸。为了确认这点，他抬头看了看。她露出被他的目光激怒的表情，并从角落走出来，准备离开。她从他的身边走过，手还在大衣口袋里。她的身体在宽松柔软的浅色大衣下，有一种让人想要多看一眼的女性身姿，她有细长的腿，脚上穿着平底鞋。她试图从法比奥身边走过去，在她从角落走出去的那一瞬间，风吹动了她的头发，把它们一下子全部直直地吹到后面，形成一个深红色的小波浪。这波浪从分发线向两边微微下垂，然后又向上翻起，最后终止在闪光的红色圈圈中，像泡沫，像大海的巨浪中深红色的泡沫。这深色的波浪坚不可摧，柔软、简洁，最后像扇子一样展开。深色，但不是深黑色，仅仅是夹杂着黑色，是夹杂着煤灰色的庞贝红，略显暗沉，唯有发梢透着一圈圈明光，形成一个标识，一个罕见的、来自庞贝海的波浪粒子，在威尼斯最纯净的碧空下运动着。她像一首诗闯进了法比奥的眼睛。

她朝着旋转楼梯的入口走了。要不是此刻大钟开始敲响，金属的巨响像矿山爆炸一样猛烈，使她惊吓地退了回来，这个女人将与他擦肩而过。她突然就站在了法比奥的身边，他与她一样捂住了耳朵，他们同时惊讶地盯着大钟，大钟正毫不留情地在它的位置上摆动，圣马可钟楼上敲响了9点的钟声。终于，法比奥和那个女人面对面了，他们尴尬地笑了，这短短的几次钟声竟然把他们联系在了一起。法比奥此时能看清她的眼睛了，它们正睁得大大的看着他，她眼睛的虹膜是棕色的，闪烁着活力的棕色，里面镶嵌着一些像琥珀裂缝的绿色条纹。这是聪明而感性的女人的眼睛，她的瞳孔在他的注视下收缩起来，她笑了。习惯了大钟的响声后，她从耳朵上放下双手，并把目光转向下面，于是她的头发正好飘到了脸颊上法比奥看不见的那一边。他的目光越过她的轮廓，看着下面的广场，共和国的总统正走在政府代表团的前面。从上面看，队伍显得很微小，他们正在人墙中间的小路上向总督宫的卡尔门走去。他看见卡宾枪骑兵乐队正站立在大门边，但大钟的声音太响，他听不见他们演奏乐器的声音，却听见了这个女人向他喊道："威尼斯今天有什么事？"

她是用意大利语喊的，她虽是一个外国女人，但她的意大利语一点错都没有，而且语调自然地道，她的声音中有一种很自由、粗犷和大度的东西。他对着她喊，这是格隆基，共和国的总统今天来威尼斯做国事访问，此时他感到自己仿佛曾听到过她的声音。他想起了他在西班牙认识的美国女人、瑞典女人和德国女人的声音，那是冷静而清醒的声音，那些声音中没有色彩，只有轮廓。说得不好听是生硬的，说得好听那就是明朗、柔软的。强大的轰鸣声就像它突然响起时一样，突然就停止了。当钟声停下后，他与她又交谈了几句，发现这个女人的声音清晰且略微粗哑。在寂静的钟楼上，这个外国女人清晰的、略微粗哑的声音，伴随着从远处传来的卡宾枪骑兵乐队的乐声，在呼啸的东风中飘荡。在她冷静地对他挥挥手并从他身边走过之前，在她消失在通向钟楼楼梯的入口之前，她深红色的头发又在风中飘舞起来，仿佛一幅动人的图画。

弗兰齐丝卡，深夜

从水上看威尼斯，它就像一支愉悦的变奏曲。如果你到威尼斯来玩，那你应该在船上生活。有人带我来参观水上景观，真是一件美好的事。弗兰齐丝卡看着圣马可小广场上的白色冷光和金色的宫殿消失在安康圣母圣殿所在的尖角地后方，扎泰雷码头和朱代卡岛之间宽阔的运河水域已经暗了下来，夜晚的潟湖在闪烁的彩灯花环间展开。但是帕特里克已经关上油门，并丝绸般轻柔地从侧面把船停靠到了威尼斯救主堂下边的台阶前，把缆绳系在墙上一个沉重的旧环上。他锁上客舱的门，然后他们离开了船。他跨上台阶，到了上面，看了片刻这座由帕拉第奥设计的建筑，在探照灯的照射下，它的墙面几乎是雪白的。"可恶的灯饰！"帕特里克说。两人跟事先约好了似的，很快消失在码头的暗处。

　　帕特里克走了几步后拐进一条街道，这是通往岛中心的路。孩子们在房子前的路灯光圈里玩耍，猫在碎纸和垃圾边寻觅着什么，可能那里有肉的味道。那不勒斯黄或威尼斯红的墙面被夜色笼罩，只能靠想象来还原它们的颜色。时有女人的谈话从这些剥落的墙里传出，又在敞开的窗里消逝。从他们如约于晚上7点在圣马可狮子柱下再次见面到现在，他很少与她说话，甚至明显地很沉默，这让她不禁问自己，他是否已经后悔让她介入了，但他接下来的举动让她感到意外：他向利多岛的东端驶去，行驶在利多岛和其他陌生的岬角之间的狭窄水域里，突然他们眼前只有夜，没有一丝灯光闪烁的夜。船在这夜色中高速穿行了大概一刻钟，然后突然停下，帕特里克关了马达。亚得里亚海静静的，弗兰齐丝卡能听见海浪在短促而有力地拍打着船体，她明白了，他正在以这种方式再次邀请她一同旅行。这就是他提供给她的：航海。他们将会在几个月里度过一段漫无目的、妙趣横生、无忧无虑、偶尔充满诗意的美妙时光。"很好，"她说，"你们富人可以给人一切。"

回程时她感到冷，便回到客舱坐下，喝了一杯威士忌并抽了帕特里克的两支英国烟。此后不久，她有过一次轻微的偏头痛，于是她迅速服下了两片药。船在威尼斯救主堂前停靠后，当她走在这位又瘦又黑、衣着优雅的英国人身边时，她却感到自由和舒畅。也许我只是有点晕船，他是不是生气了呢？因为我没有被征服，没有被夜和海征服？但我对这次旅程印象深刻，我只是不想表露，却因此让他感到被浇了冷水。当大自然的风光让你内心产生各种感觉与感慨时，他并不是一个合适的倾诉对象。令她意外的是，他突然挽起她的手臂。那就是说他没有生我的气，他理解我。但她并不配合他，而是让手臂垂着，她不喜欢被男人挽着，她也很少挽着一个男人。他明白了，便把手放下去，抓住了她的手。他有一只干燥的、凉凉的、舒服的手。他把她的小手臂盘到他的臂弯中，用一个旋转强迫她停下步子，然后靠近她并在她左边脸颊上接近眼角的地方亲了一下。

　　"我还从未到过朱代卡岛，"她说，"这儿很漂亮啊。"

　　"是吧，"他说，此时他又和她拉开了距离，"无产阶级的美。"

这些有触角的同性恋者，他们比普通人知道得更多。如果他想要我接受他的邀请，他完全知道该怎样与我发生一种身体上的关系，毕竟这个邀请对我其实是很有利的。他知道，如果一个男人对一个女人的身体没有任何崇拜，那么就不存在男人和女人之间的结合，也谈不上精神上和非肉体的结合。这个人，帕特里克，他自然是懂的；他知道，他必须与我有身体上的接触；他亲我，即使这更像是一个兄弟的吻，而不是一个男人的。另外，在我这种处境下，有一个兄弟，一个兄长，将会比有一个男人更好。我应该认帕特里克为兄弟吗？心灵上的亲人？也许他还能与我睡觉，也许这对他来说不是什么不舒服的事，他能做到，就像一个兄弟与自己的姐妹一起睡觉，从一个亲吻到一次更深层次的抚摸只需要一小步。我没有兄弟，所以一想到这些，我就兴奋起来。正因为如此，如帕特里克所言，我将被"上发条"。在我囊中羞涩，再一次受到邀请，有一点点希望时，自动机器又开始工作了。但如果我是一个男人，这将对他更有利。因为她是一个女人，所以想象两个男人之间的事让她感到陌生而不可思议，她兴奋不已，但又马上稳住心神，冷静下来。她认识到自己的兴奋是冷的，是她的性别和头脑之间产生的冷光。人造的天堂只有在幻想中才美丽，是为不满的人而设的该死的灯饰。它并不是事物本身，而仅仅是照亮了事物；不是帕拉弟奥或其他什么人的教堂，而只是教堂上的灯饰。这灯饰使教堂变得美丽，洁白明亮，但事实上，白色的教堂又旧又脏，墙上的漆已经剥落，柱子上的几根承重横梁也已损坏。被照亮的并不美，被爱的才是真正美丽的。是否会有一个人爱我呢？真正的爱，也就是说，认清我到底是什么样的人。他们总是将他们的光投射在我身上，但没有人了解我。我一直很喜欢那句德国老话：他了解她了。它的意思是：一个男人让一个女人怀了孩子。她笑了。

"您为什么笑？"她听见她的同伴问。

"哦，没什么，"她回答，"没什么特别的。"

我笑了，因为如果我怀了孩子，我就是被他人了解了，而在我与他一起生活的日子里，他只是用他的嫉妒、他的曲解和他的仇恨来将我照亮。可怜的赫伯特。他几乎已经从她的心里消失了，对她来说几乎已经无关紧要。当她想到他时，她已经能不由自主地笑了。但我现在应该怎么办呢？因为好感，因为心灵上的亲切感，因为恐惧，因为一时兴起，因为某种他不懂而我也猜不透其本质的直觉，我又在与一片灯光同行，只是这灯光里混合着各种不同的色彩。而且，帕特里克比赫伯特和约阿希姆更聪明，他是一位谨慎的灯饰艺术家，一位令人惊奇的布景专家。要是我能知道他到底想从我这儿得到什么的话该多好！是什么把他推到我这儿的呢？也许我只是他那不可估量的感情史上的一站，是他偶遇史中的一个日期。

"您不会喜欢我现在要带您去的地方，"他说，"它其实只是一个小酒吧，但却是一个真正的朱代卡岛式酒吧。我每天都在那儿吃晚饭。圣马可区的餐厅对我来说都太无聊了。"

所有富人都喜欢在酒吧吃饭。他们走到越来越暗的街道，走过漆黑运河上的一座拱桥。在酒吧里坐着，没有人能认出你，这种哈伦·赖世德式的感觉是他们喜欢的。但那里的情况完全不同，比她想象的样子糟糕多了。这是一家位于一条宽街上的酒吧，门口有蓝色的霓虹灯。酒吧里的人都很熟悉帕特里克，他们问候他时只是简单地耸耸肩或投去一个眼神，这像是某种"帮派"的风格或"摇滚乐迷"之间的暗号。混在这些年轻人里面，根本没办法不被认出来。这些年轻人在小酒吧里站着，或坐在吧台前的高凳上听着音乐，摇滚乐从一台唱机的喇叭中传出。我是这儿唯一的女人。她注意到人们在看她，这让她感到兴奋。这些穿着优雅、外形俊朗的青年男子轻轻地仰望、耸肩，熟练地投来问候的眼神，然后又回过身去听摇滚，沉醉在普雷斯利的歌声里。简直太可怕了，这个年代的毒药。另外，这并不是一个同性恋酒吧，对帕特里克来说只是一个寻觅猎物的地方，有时他在这儿寻获一个青年男子。这个地方是为这个年代痴迷的青年男子而设，他们的仰望更多的是给帕特里克的，而不是给我的，因为他从未带一个女人出现在这个地方过。当帕特里克问她是否要在吃晚餐前喝一杯开胃酒时，她决定要在这个酒吧里挑衅一番。她脱下大衣，使得她红发下的碧绿色两件套在吧台的冷光下开始闪光。她以稳健、利索的动作坐到吧台椅上，然后取出英国香烟盒，那是帕特里克送给她的。她瞥了一眼周围的这些俊朗青年，有两个人伸出手来为她点烟，她抓住其中一个人的手腕，让打火机靠近烟的末端，随后吐出一口烟，并对正在收回脏指甲的那个人点点头。"一瓶潘脱米，"她对吧台后的老板说，"干的。"一个外国女人，一个外国妓女。她从周围人的脸上读到他们脑子里的声音。"您能把这难听的音乐关掉吗？"她问，此时普雷斯利已经唱完副歌。这是对神灵的亵渎，她听出无声的责备。

帕特里克就站在她身后，此时他的旁边突然出现了一个小伙子。"要是她不喜欢爵士乐，那就把她带到其他地方去吧！"她听见一个年轻的声音在对帕特里克说话，她听出威尼斯口音中熟悉的"第二人称"。她转过身，看到他打着温莎结，身穿一件还算优雅的蹩脚西装，十九岁，最多十九岁。她看着他可怜、高傲、困惑的脸。"爵士乐！"她轻声说，"您这不是认真的吧？您有没有听过爵士乐？"他看着她，然后垂下了目光。他还从未与一位女士说过话，与一位成年女子，也许他还没交过女朋友。他是牺牲品，普雷斯利的牺牲品，帕特里克的牺牲品。她察觉到他镇定下来，变得放肆而狂妄。"这是一位高雅的女士，"他对帕特里克说，弗兰齐丝卡欣赏他的语感，他称她"高雅的女士"，"她想听吉米·杰弗瑞或者约翰·刘易斯。把她带到那些高雅的人听爵士乐的地方去。"他想争吵，跟他说话已经没有意义了。帕特里克说："她

是很高雅，但请别打扰我们，路易吉！"酒吧里的所有
人都在听他们的对话。也许路易吉是有道理的，如果你
把所有的爵士乐听一遍的话，你可能最终会回到摇滚乐。
爵士乐是给不喜欢音乐的人听的，是给那些对音乐不知如
何是好的人听的，因此，最粗糙的爵士乐或许就是最好
的。约翰·刘易斯是"高雅的"，但你为什么不直接听莫
扎特，或者听泰勒曼和维瓦尔第呢？这位路易吉很坚定，
但此时他的坚持并不是为了音乐，而是为了帕特里克，他
曾是帕特里克的"男孩"。帕特里克犯了一个错，那就是
把她带到这儿来，来到威尼斯的这个摇滚圈子里，来到意
大利的"摇滚乐迷"圈子里。这里不同于法国、德国和英
国的地下室，那里有姑娘，有那些自由、胆大、有点脏的
姑娘，她们是博普爵士乐和蓝调音乐的乐迷。意大利的
"摇滚乐迷"不想要女同伴，他们只想在男性世界里独
处。这是一个自成一体的，永远只有意大利男人的游行队
伍的变体，是一个由优雅却蹩脚的西装和男人间无休止的
冰冷谈话组成的优雅的世界。隔在帕特里克与路易吉之间
的并不是音乐，而是是否允许禁忌被打破，被一块碧绿色
的布、一支烟和一个红发女人打破。弗兰齐丝卡察觉到，

207

酒吧里所有的人都在拭目以待，想知道这件发生在"高雅的女士"和帕特里克的"男孩"之间的事将如何结束。她不准备帮帕特里克，于是她说："我们走吧！"她注意到，他站在那里，试图用他那邪恶而讥讽的目光将酒吧吸入他瞳孔的焦点，但他没有像在孔雀酒店那样获得成功。她知道，此时他对她是恼怒的，他原本是希望她能不引人注意地进入他的世界。这是他的世界，他想向我介绍，以便我对一切有所准备，就像此前他向我介绍夜晚的海一样，但我却给这浪漫浇了一盆冷水，并挑衅了男人的狩猎场，于是现在他既恼怒又无助。这情形被克莱默解救了，此时他正好踏进了酒吧。弗兰齐丝卡一眼就认出了他，一个高大、血统纯正的男人，他的头发是白色的——只有浅金色的头发才会变成这种均匀的白色——眉毛也是白的。最主要的是，他的脸也是苍白的，非常宽大，像是从纸板上剪下来的一块，被挂在一件松松垮垮、颜色难辨的大衣上。他的眼睛是红色的，嘴唇又厚又红，眼睛和嘴唇像是他戴着的那张纸板面具上的洞。克莱默的入场声音有些大，因为就在他站在门口的那一瞬间，唱片播完了。人们听见门被关上的声音和他随后对店主喊的那声"你好，巴尔托洛梅奥！"。为了显得低调，当克莱默认出帕特里克时，他走过去问道："您好，奥马利，您昨天在哪里啊？我想您来着，路易吉也一定很想您。"他说德语，他在这酒吧里说德文，就是把他与帕特里克之外的人拦在了外面。路易吉盯着他的嘴唇，想要猜出克莱默为什么提到了自己，而帕特里克并没有把头转向克莱默，而是看着弗兰齐丝卡，说："弗兰齐丝卡，这是您的同乡。他叫……"克莱默的脸僵住了，帕特里克仿佛接到了一个命令，突然停住了："……我也不太清楚他叫什么名字。"他终于说完。原来如此，原来他把我带到这儿是为了这个。克莱默吹了一下口哨。"哦，这位女士是您的，"他说，"我必须说，您有独到的见解。"他突然不再理会这场景，他瞧一眼路易吉，然后望一望弗兰齐丝卡，又看了看周围男人的眼神，摇摇头说："好吧，那我们去吃饭吧。我猜您还没有吃饭，奥马利。您大概是想请这位女士吃饭，是吗？"他转向弗兰齐丝卡："您大概也认为他这个主意不错吧！巴尔托洛梅奥的妻子烧得一手好菜，在威尼斯任何一个地方，您都不会比在这儿吃得更好。"他安排着，他们都听从他，包括路易吉，克莱默用意大利语对他说：

"路易吉，你和我们一起吃。您不反对我们大家一起吃饭吧，女士？"他劝导似的动了动纸板面具和红眼睛，好像是想说："您看，这是救场的唯一办法，而我是在为您救场。"弗兰齐丝卡没有回应他，只是站起身。反驳是帕特里克的事，但帕特里克没有反驳。奇怪，他忽然间不是那个黑的小魔鬼了。克莱默已经走在了前面，他们三个人跟着他，通过一扇玻璃门，经过走廊，到了小餐厅，此时从远处又传来摇滚乐有节奏的咚咚声，而小餐厅里有一台电视机正在播放米兰晚间节目开始前的广告。房间里空空的，只有一个留着胡子的年轻人，他正在读一本书，噪音似乎并不妨碍他。克莱默走上前去关掉了电视机。留胡子的年轻人抬起头，并不说话，只对帕特里克点点头。帕特里克认识这儿的每个人。老板娘像是察觉到餐厅里没了声音，突然从旁边的厨房走了出来。

"我们想吃饭，乔凡娜，"克莱默说，"今天有什么？"

"炖牛肉，"女人说，"沙拉、红豆和白豆。"

"有贝类当前菜吗？"他问。

她点头。

"他会讲法语吗？"克莱默继续与老板娘讨论菜单的时候，弗兰齐丝卡用法语问帕特里克。

"我认为他不会说法语。"帕特里克回答。

她继续用法语说话。"您为什么只告诉我他在威尼斯以及您'见到过'他呢？为什么不告诉我您与他有来往，而且每天都见到他呢？"

"因为不那样做您就不会跟我来这儿。"帕特里克说。他说话的时候不动声色，只是在做简单的陈述。

她哑口无言地盯着他。

"您可以放心地继续讲法语，"克莱默用德语说，"我一个字都听不懂。"他停顿了一下，然后继续说："但如果您在这位女士面前说了我太多的事，奥马利，那对她会有不好的影响。"

"您听见了吗？"弗兰齐丝卡问，她毫不犹豫地转向克莱默。"我几乎知道一切关于您的事，克莱默。"她说。

帕特里克惊恐地碰了碰她的小手臂，而克莱默只是看着她。几秒钟后克莱默说："遗憾。我觉得您很亲切。"

"如果像您这样的人觉得我亲切的话，"弗兰齐丝卡说，"那我一定有什么地方不对。"

老板娘端着一大碗贝壳进来了，他们围坐在一张桌子前。弗兰齐丝卡坐在路易吉对面，他还在生气。克莱默在帕特里克对面坐下。除了路易吉，其他人都穿着大衣。这间很少有客人使用的餐厅并不暖和，甚至可以说是有些湿冷和肮脏。他们等待着，直到乔凡娜拿来盘子和吃贝壳用的小叉子。我陷入了一个陷阱。好吧，我们不脱大衣，那这顿晚餐就成为临时的，也许这也是一个临时的陷阱，也许我会再次走出去？

"您必须用手把它掰开，"克莱默说，"您看，这样！"他从碗里拿起一个黑的小贝壳，给她示范怎样打开它，这样就能用叉子把肉挑出来。他的手也是白的，手背上有白色的毛发。她拿起一只贝壳，我连一小口都吃不下。

克莱默突然停下，好像是突然想起了什么，他把手臂伸到餐桌的另一边，拉开了帕特里克的大衣。帕特里克吃惊地往后退，弗兰齐丝卡看见他今天在大衣里面穿了一件蓝色的学院款夹克，那是一件运动夹克。但克莱默太迅速，他抓住了一个闪着金光的纽扣，并把它牢牢地攥在手中。

"您想干什么？"帕特里克冒出一句，"请您立即放手！"

路易吉想帮他，他抓住克莱默的手臂，但克莱默用一个难以察觉的动作甩开了他。他一定非常强壮。克莱默说："外面待着去，小子！"然后他用一个迅捷、轻松，甚至有些柔软的动作把纽扣拽了下来，然后把它放在了弗兰齐丝卡的盘子边。"纯金的，"他对她说，"您看看这东西，这是真金啊，几天前奥马利亲口对我说的。他对我说，铜的纽扣会很快变得难看。"他又开始掰贝壳。"这是一个，"他说，"纯金的运动夹克纽扣。"他的情绪高涨起来。"我把这枚纽扣送给您，这是我们今天晚餐的纪念品。您一定会同意的，奥马利，是吗？"

弗兰齐丝卡向那个有胡子的年轻人望去，但他没有察觉到。她把纽扣推给无声地坐在盘子前的帕特里克，他的大衣敞开着，弗兰齐丝卡看到他的学院夹克上被扯下了纽扣后留下的线头，那里，本来是有一枚扣子的。我想知道，他是否还在左边佩戴着伊顿公学或贝利奥尔学院或万灵学院的校徽，他甚至为了引诱我跳入这陷阱而亲过我。

她想起他是怎样在堤岸上向站在窗前的她挥手的，那几乎是一个天使的挥手，但现在他已经完全变了，不再是天使，不再是魔鬼，只是一个受到侮辱的富人。她拿起那枚纽扣，把它扔到碗里的贝壳中。

"这位女士很大方，乔凡娜，"克莱默对老板娘说，她正端着放满碗和盘子的托盘走进来，"她送给你一枚纯金的纽扣。"

乔凡娜的脸是平和而大度的，几条暗暗的皱纹从她的眼睛走向嘴角。"金子。"她用和善的、难以置信的口吻说。

"你会知道的，"克莱默说，"让巴尔托洛梅奥去估价吧！"

乔凡娜把吃贝壳的餐具收走、把新的碗摆好又走出去的时候，并没有露出笑容。路易吉先看一眼帕特里克，然后看了看克莱默，又贪婪而遗憾地望着乔凡娜的背影：乔凡娜，这枚金纽扣现在属于她了。但路易吉并没有理会主人帕特里克要他拿回纽扣的示意，他只是先后看了帕特里克和克莱默一眼，眼神从责备变为憎恶。

"现在将上演一场好戏，弗兰齐丝卡！"她听见帕特里克说，他的声调里充满轻蔑。显然他又回过神来了。她疑惑地看着他。

"您将看到克莱默吃饭的样子，"帕特里克说，"您其实应该为此买门票。"

显然他要反击，但克莱默似乎无动于衷。他冷漠地揭开碗盖。

"来吧，请您第一个品尝，"帕特里克说，"您已经等得不耐烦了吧。"

当克莱默像一个精神不能集中的吸毒者那样盯着食物的时候，弗兰齐丝卡从他的红色眼睛中看到了近乎痛苦的渴望神情，但他克制住自己，将盛着肉的铜锅递给了弗兰齐丝卡。

"天哪，"帕特里克说，"您一定给他留下了一个特殊的印象啊。"

她从炖牛肉中取出了能找到的最小、最瘦的一块。我其实饿了，她想起来，我几乎整个星期天都在睡觉。离开钟楼后，我回到旅馆睡觉，一直睡到傍晚。她算了一下，这其实是我从星期五中午离开米兰到现在吃的第一顿真正的饭，我应该是有胃口的，但我却不得不强迫自己切下一块肉、品尝白豆，这些都做得很好吃。我又感到有些恶心了，就像之前在船上的那种感觉，也就是说那并不是晕船，而是偏头痛。这是在偏头痛发作前常常出现的恶心。但我不想吃东西，或许是因为我与这几个男人坐在一起，我不想与他们有任何瓜葛；因为我与一个职业刽子手和他的牺牲品坐在一起，对面还有一个小流氓，这个小伙子过早地学会了人不一定需要靠工作来谋生；而且因为我知道，我已落入陷阱，是这个牺牲品把我驱赶到了刽子手的陷阱里。如果刽子手知道你了解他的职业，那么你就是在一个陷阱里了。我骄傲的逃跑却让我落入了这样一个陷阱。最初只是感到有些耻辱，如今却落到这般境地。我都能想象出赫伯特和约阿希姆要是看到我现在的样子会有什么样的表情。起先不过是几乎难以察觉的难堪，我脚下的地有轻微的震动，但现在却是陷入了危险，这简直令人难以置信，但我不得不承认我有危险，有危险，有危险。这个词像一个信号在她的大脑中不断出现，但随后却消失了，因为她看见了克莱默吃饭的样子。

克莱默吃得狼吞虎咽。一开始他吃饭的样子并不显眼，他慢条斯理地品尝着红色的冬季沙拉、白色的豆子和盘子上的肉片。不过，那些食物至少能堆积成一座小山，是一堆食物。但几分钟后，美食家在几分钟的品尝后，并没有现出喜悦，而是成了另一种模样，一种机械性的饕餮，像一个被启动并开始运转的马达。然而克莱默并不是迅疾而贪婪地吃着，而是在细嚼慢咽。让他吃饭的样子近似吞噬和填塞的，是那种钟一样的节奏：他把食物送进嘴里，像吸毒者般眼神涣散，白色的脸庞上没有任何表情，那张吞噬的嘴唇像一个洞，不停地张开又合拢、张开又合拢。然后汗水从他的额头上涌出，像小溪般顺着脸颊流淌下来，白色的面具上突然闪烁着光泽，眉毛上挂着汗珠，眼睛里充满水。克莱默从大衣口袋里拿出手帕开始擤鼻涕。

"看，"帕特里克说，"我跟您说过吧？"

奇怪，这其实根本不恶心，并不会让我想把脸转开。相反，这让我感到好奇，我根本挪不开眼睛。太精彩了，一个男人正在表演一场狼吞虎咽的大戏，在展示一个刽子手的弱点。这是一种痛苦，如果能治愈它，或许就能治愈他的嗜杀成性。

"您知道鲍斯威尔的《约翰逊传》吗？"帕特里克

问，"据说塞缪尔·约翰逊就是这样狼吞虎咽的。"

如果克莱默在吃饭，那么你可以不冒任何风险地骂他。被扯下纯金纽扣后的一次低俗的报复。克莱默心不在焉，他心不在焉地往肚子里填充食物。他看着帕特里克，但他的眼里看不见他，汗水顺着他的脸颊流淌下来。对着这张因为狼吞虎咽而冒汗的脸，你可以用任何话来形容他，比如一个有吗啡瘾的人、一个吸鸦片的人。她尝试了一下。"您是一个刽子手，克莱默，"她说，"而且您知道这一点。"

他没有听。帕特里克看着弗兰齐丝卡，好像她是一道风景。路易吉当然没有听懂。此时，克莱默看着巴尔托洛梅奥脏兮兮的餐厅，继续狼吞虎咽。这儿除了他，只有那个正在读书的有胡子的年轻人还坐着。

克莱默突然停下。他把刀叉放在盘子上，好一阵子一动不动，完全处于自我沉醉状态。然后他站起身，开始在那件松松垮垮、颜色难辨的大衣下艰难地来回走动。

"您注意看，"帕特里克讥讽地说，"现在是最精彩的。他要开始打喷嚏了。"

218

克莱默开始打喷嚏时，已经把手帕拿在了手中。他一边转着圈打喷嚏，一边用手帕擦拭鼻子和脸。尽管在打喷嚏，他的脸仍然是白的，仍然像一张纸板那样纹丝不动。

"这就是胃喷嚏，"帕特里克说，冰冷的语调中充满胜利的喜悦，"这是我从一位医生那里了解到的。有的暴食者在吃了好吃的食物后必须打15到20次喷嚏。"他发出一阵怪笑，此刻，边打着喷嚏边不断在用手帕擦汗的克莱默走了出去。

"现在他必须到新鲜空气中去。"他说，不过他猛然发现克莱默已经不在房间里了，只有他们几个人。他沉默了。

路易吉站起来打开了电视机的开关。那个读着书的年轻人抬起头来看着帕特里克。

"去，"弗兰齐丝卡说，"您去把克莱默杀了！"

帕特里克不回答。他把脸转向她。

"您不要这样惊愕地看着我，"弗兰齐丝卡说，"您的口袋里一定有一把左轮手枪。您还想等什么呢？"

那个刚才还在读书的年轻人站了起来。他手中拿着书朝他们的桌子走过来，然后对帕特里克说："我有了一个惊人的发现。您看一下这些丁托列托的复制品，奥马利先生，比如这张《报喜》……"他打开书，翻到有画的那一页，把它放到帕特里克的面前。

"如果他再进来，您就把他杀了！"弗兰齐丝卡说。

"不，您不能只是简单地看整幅画，而是要看细节，选其中任何一部分。这复制得非常好，您能很清楚地看到丁托列托的笔触。"读书人的胡子在颤抖，这个年轻人高高瘦瘦的，他的胡子乱七八糟的。

"他是画家，"帕特里克说，"一位很出色的年轻画家。"

"您一定能开枪，"弗兰齐丝卡说，"这非常简单，如果他再进来的话……"

"从丁托列托的一些作品细节中，"画家说，"您会看到杰克逊·波洛克的绘画风格。很棒。"

"您想错了，"帕特里克说，"我没有带左轮手枪。"

"这样啊，"她模仿他的声调，"您没有带左轮手枪。"

"而且我发现这并不是巧合，"画家得意地说，"我研究了波洛克的老师托马斯·哈特·本顿，他深受丁托列

220

托的影响。因此可以说，在丁托列托和波洛克之间有一种直接的关系。"

"您能告诉他，他现在应该消失吗？"弗兰齐丝卡说。

"过几天我到您的画室去，布鲁诺，"帕特里克对画家说，"我正要与这位女士谈重要的事情。"

"您想要杀克莱默，"弗兰齐丝卡说，"却每天与他打交道；您想要杀他，却研究他打喷嚏的起因；您想要杀他，却与他一起用餐；您想要杀他，却让他把纽扣扯下。我猜想您大概是想要一次完美的谋杀。您在思考这样的事，可是您又知道自己不会做这样的事。您想杀人，却错过了动手的机会。您是个失败者，彻彻底底的失败者。如果一个人想要杀人，他必须迅速，必须不假思索地立刻去做。谋杀绝不是这样的，您也不是刽子手。很遗憾，您不是一个刽子手。现在您甚至连一把左轮手枪都没有带。我的天，帕特里克，您真是一个失败者！"

房间里的电视机又闹哄哄地响起来，里面正在上演一部18世纪的古典戏剧。画家叹着气合上书，回到他的桌边。路易吉扭动着开关。

那个邪恶的天使，那个在孔雀酒店里有邪恶目光的男人，其实是一个失败者。可惜。不过他还是一位天使，一个魔鬼，他的目光是危险的，是孔雀酒店里那瓶百日菊后的目光。但这目光只能看穿面具，不足以将它撕下。他能看透，但却有什么东西使得他无法动弹。他的目光僵住了，仿佛是看到了太多的东西，超出了这目光所能承受的范围。

愚蠢的是，像帕特里克这样的失败者，会让所有的悲剧最终以闹剧结束。再也没有亚哈、没有白鲸了，只有一个老去的流氓和他聪明、善于沉思的评论者。一个罪犯和一个审美家，他们联合起来，表演着一出关于犯罪和复仇、内疚和赎罪的戏。然而这场戏又有了转变，闹剧变得邪恶，因为我走上了舞台，威胁着这场戏，使其变得严肃。威胁与我一同登场，他们害怕我将会把这些面具撕破，于是我自己也受到了威胁。

"为什么您要把我扯进这件事情中呢？"她问，"请您给我一个解释，帕特里克，给我一个解释。"

但她没有得到答案，因为克莱默又进来了。他走向电视机，关掉了路易吉打开的正在上演的闹剧，丝毫不理会路易吉愤怒的目光，然后瘫坐到他的椅子上。

"啊，"他说，"真舒服。打喷嚏和新鲜空气让我感到舒服。"

他又回到了原本的高度，不再像一个瘾君子。当他在灯光下抬起白色的脸时，弗兰齐丝卡能看清楚在他无色眼皮下的红眼睛，他是个白化病人。她突然意识到，这双红色的小眼睛正盯着她。

"另外，"她听见克莱默说，"先前吃饭的时候您对我说的话很奇怪。"她不出声，只是直勾勾地看着他的眼睛。那双眼睛紧盯着她的脸时，她感觉像是被一只手越抓越紧。当她突然发现那只手正在逐渐松开，他的目光变得呆滞、游离时，她意识到克莱默有些心不在焉，而且心神不定，他又沉浸到了自己的世界中。她不由自主地把手抬到颈部，感到一阵轻松，同时一股恶心感仿佛即将到来，但她还是松了一口气，因为克莱默放开她了。但这只是因为某种贪欲又回到了他的身上，这贪欲导致他额头上又开始冒汗。然后她听见他要了啤酒。乔凡娜似乎早就知道他会要啤酒，立刻送来了啤酒和一只杯子，倒了一杯酒放在克莱默面前的桌子上，然后走了出去。克莱默盯着啤酒，像一个即将干渴而亡的人。此时，弗兰齐丝卡正被恶心感折磨得浑身颤抖。不一会儿，杯子上出现了水汽，于是他拿起杯子，开始喝酒。她听见帕特里克说："您应该尝尝我家老先生的啤酒，克莱默！"但她并没有等待克莱默的回答，强烈的恶心感使她控制不住地站了起来，她只能看见帕特里克正吃惊地抬头看着她。现在我的脸一定像一块布那样苍白。她两步就走到厨房的门边，打开门并在身后关上。在乔凡娜跟前站立了片刻后，她才看清了水槽的方向。她迅速冲到水槽边，双手抓住肮脏的水槽壁，立刻痉挛似的呕吐起来。几乎就在这一刻，她轻松了下来，确认刚才吃下的那么点儿食物一下子都被吐了出来。她打开水龙头洗了把脸，还喝了一点水。

"请您原谅。"直起身时，她微笑着对乔凡娜说。

老板娘看着她，表情平静而老练，没有责备。

"可怜的太太，"她说，"我的菜可是很好吃的啊。"

"很好吃，"弗兰齐丝卡说，"肯定不是菜的问题。也许是我这几天吃得太少，还不适应这第一顿真正的饭。"

"也许是吧，"乔凡娜说，"也有可能是您怀上孩子了。您怀孕了吗，太太？"

弗兰齐丝卡还在微笑，但在她看着乔凡娜严肃的脸上平静的皱纹时，这微笑从她眼中消失了，她的嘴角也不再上扬。

"不，我没有怀孕。"她艰难地说。

"我可以发誓您怀孕了。"乔凡娜回答。她说这话时很镇定，不是怀疑，而是带着一丝失望。

弗兰齐丝卡听见从餐厅传来克莱默和奥马利的声音。

"我想去外面站一会儿。从这儿能到街上去吗？"她问乔凡娜。老板娘欣然地拉开了一扇门。弗兰齐丝卡不得不先适应一下小巷里的黑暗，然后才开始往前走。走到巴尔托洛梅奥的酒吧所在的街道时，她看到了蓝色的霓虹灯，于是加快步子离开这里，快速地在朱代卡岛上穿行。她在圣欧费米亚教堂那里坐船到扎泰雷码头，然后从那里步行着穿过多个错综复杂的小岛，最后到了旅馆。因为她担心，如果坐汽艇直接到斯基亚沃尼堤岸的话，帕特里克会在码头等她。她在星期天已经过去后才到达旅馆。守夜的门房给她开了门，她像夜在黄昏中投射的影子般轻快地走进了半明半暗的前厅。

老皮耶罗，夜的尾声

　　昨天的太阳，凛冽的东风，炫目的光，我在漂移，我的手已死去，篙如此平静，我在漂移，鳗鱼在我身下游过，山上有雪，我先感到冰冷，冰冷并咳嗽，山是深蓝色的，直到我变冷，夜晚的深蓝色，不再咳嗽，在黑暗中漂移，漂移的船下有一群鳗鱼，我冻僵，灯光，带着冰冷的咳嗽，托尔切洛岛的，带着死去的手，在夜晚，我冻僵，当雾来袭，我冰冷地待在船上，在夜间，在雾中，我已经很久不撑篙了，我冰冷地蹲着，在一群鳗鱼中，在芦苇中漂移，我在灯光中冻僵，在清晨的白雾中，在托尔切洛岛的芦苇中，冰冷，蹲着，没有太阳，寂静的水面，灯光被熄灭，托尔切洛岛死了，鳗鱼在睡觉。

星期一

弗兰齐丝卡，上午

　　她又去了圣马可时钟塔下的咖啡馆，又从女收银员那里点了一杯卡布其诺和两个牛角面包，先吃了热的牛角面包。我很紧张，不知道吃了这个之后会不会又感到恶心。然后她开始喝有奶泡的热牛奶咖啡。为了能看到那两只小狮子，她停了下来，用手套擦拭大玻璃窗上银色的水汽，擦出了一小块透明的地方。这两个笨拙的小东西，凶残的恶魔胚胎。如果吃了早餐后我又感到恶心，我就立刻去卖戒指，因为那样的话我必须要有钱，有一点积蓄，也许能用来堕胎。无论如何要去做一次身体检查，无论如何不要受到时间限制。去德国，去意大利，去一个我能躲避克莱默的地方。她向外望去，圣马可广场和行政官邸大楼之间雾蒙蒙的，又是一个白色的上午。在阳光明媚的星期天之后，在可怕的星期天之后，一月里棉絮般的潮湿空气又一次袭来。弗兰齐丝卡思考着怎样才能悄无声息地离开威尼斯，她想到了去基奥贾的汽船或开往的里雅斯特的轮船。无论如何我都不能从火车站走，克莱默会让人守在那里的，他会随便叫一个小伙子——比如像路易吉那样的人，一个学会了不需要干活就能挣到钱的"摇滚乐迷"——去火车站打听我将坐哪一班火车，因为他肯定不会马上下手，他们一定是有组织的，他可以在任何一个地方让人对我下手。我最好是绕路去罗马广场，从那里叫一辆出租车去梅斯特雷或直接去帕多瓦。我需要钱。他们大概不会想到出租车，跟踪一辆汽车对他们来说也不是那么容易。他们当然能查出车牌号并询问司机把我送到哪里去了，但我已经抢先一步了。她放回卡布其诺杯子。我被卷进了一部侦探小说，这真是不可能的事啊，没有低俗读物，没有"帮派"，没有黑社会，没有跟踪者，这不是钱德勒和斯皮兰[1]的创意。她把手套塞进大衣口袋，这时候她听到了一张纸的响声，这是帕特里克给她的字条，是今天早上她要出门时，旅馆里的人给她的。她读过信后把信封扔了，把

1雷蒙德·钱德勒（Raymond Chandler，1888—1959）和米奇·斯皮兰（Mickey Spillane，1918—2006），均为美国著名的侦探小说家。

信纸塞进了大衣口袋，它现在在那里发出细碎的响声。她生气地把它拿出来，上面的内容她一清二楚，不必再读一遍。"今晚7点起航去西西里岛，"帕特里克写道，"去西西里岛或您想去的任何地方。我将把船停靠在学院桥的左侧，在桥与格瑞提皇宫酒店间的台阶那里等您。"她把字条揉成一团，扔进了垃圾桶，然后把手提包夹在手臂下，离开了咖啡馆。

当她沿着梅尔契里埃大街走的时候，她并没有感到恶心，相反，咖啡让我好起来了，她感到自己又有了活力，身上也暖和了。乔凡娜是错的，她也会有推测失误的时候。我并没有怀孕，也许我根本没有怀孕，今天、明天或后天我就会来例假。她看着周围，也许我被跟踪了，但有许多人在梅尔契里埃的街上穿行，她无法确认是否有人在跟踪她。有一次她故意停下，看看是否会有什么人跟着停下来，但她看见至少有十个人在橱窗前站着。可笑，我居然在想象一次跟踪行动，这整件事根本就是不真实的，我居然在二十四小时里认识了两个超级可怕的人。这只是巧合，这巧合已经过去了，现在是星期一的清晨。她从梅尔契里埃大街拐到一条越往里走越安静的小巷，以便看清楚周围的人，跟踪我的人。用低俗读物和侦探小说里的话来说，从来没有人被跟踪过。而且在威尼斯的雾天里，没有东西会有影子[1]。两边是冰冷和没有影子的彩色高墙，她在它们之间走着，穿过空空的街道，从柱廊下面走过，没有人跟着她。她不太清楚自己到了什么地方，直到她透过两栋房子的空隙看到了大运河。她往右拐，不一会儿就看见了里亚托桥。人群再一次将她淹没，她随着人流走到了圣巴托洛梅奥广场，看见一家商店上方挂着一块写着优美的圆体字的金色招牌：珠宝店。

她走进去，我想试一次，这家商店有一个门铃，只要门开着它就会响，弗兰齐丝卡赶紧关上门。看到商店里没有其他客人，她感到宽慰。当然，谁会在星期一的早晨来珠宝店，更不用说来这样一家高级的店。玻璃橱柜上抛光的深色木头闪闪发亮，柜台上方挂着三个镀金的金属吊灯，灯光在玻璃和绿色丝绒上形成圆的光环，使得房间的其他地方显得更加朦胧，整个房间让人感到被温暖包裹

1此句中的"影子"与前文的"跟踪"相呼应。德文中，beschatten一词可表示"跟踪"和"向……投去阴影"，且该词中的schatten有"阴影"之意。

着。门帘后走出来一个瘦小、穿着讲究的男人，他穿着一套深色的西装，面料是针织纹呢，胸前口袋上随意地塞了一块白色的丝绸方巾。他似乎从未年轻也从未成熟过，脸颊消瘦，看起来已人到中年，但说不准具体的岁数。他正热心地看着她。

"有什么能为您效劳的吗，女士？"

"我想卖一枚戒指。"弗兰齐丝卡说。

"现在可不是好时机，"他立刻说，表情不加掩饰地从热心转变为防御，"冬天我们这儿几乎没有顾客。"

一个外国女人，她想卖首饰，在冬天，在威尼斯。一个红发女郎，她长得好看。如果一个长得好看的女人想要卖首饰，那么她一定会卖掉它。

我其实并不需要卖掉这枚戒指。我有30 000里拉。从昨天起我手里又有30 000里拉了。但这枚戒指应该值700马克，也就是80 000里拉，是很宽的900黄金戒指，上面还有三颗小钻石，这是赫伯特在杜塞尔多夫的卡斯腾花了1600马克买的。那么我将总共有110 000里拉，可以在慕尼黑或法兰克福做一个完美的小手术，之后还有时间找一份工作，或者立刻去伦敦或斯德哥尔摩。她知道在伦敦和斯德哥尔摩有一些能立刻给她介绍工作的地方。无论我有没有怀孕，我都可以留在英国或瑞典，带着孩子也没关系，英国和瑞典是对孩子友好的国家，是邻里和睦的国家。她打开手提包，拿出戒指给珠宝商看。

他漫不经心地接过戒指，把它夹在拇指与食指间，漫不经心地看了看，然后拉开一个抽屉，从中取出一个放大镜，把它放在右眼前面，最后摇摇头表示结果。

她犹记得在杜塞尔多夫的卡斯腾时，店里的珠宝商一边极力推荐，一边高抬起眉毛，做出一副十分懂行的样子，还赞美赫伯特识货、有品位。买戒指和卖戒指简直是天壤之别。在重视和鄙视之间有着荒唐的场景变换，这完全取决于你是来买戒指还是卖戒指。你所受的侮辱也有细微的等级区别：要看你是否有一家卖东西的门店；看你是一位代理商，一位被允许从正门进出的代理商，抑或是一个只能从送货楼梯进出的人；最终，在等级的尽头是那个迫于困境而要卖东西的人，那个已经不属于这个世界的人，那个像我这样的人。

"不是什么特别好的戒指，"珠宝商说，"一点金子和几颗碎钻石。"

我必须尽快重新开始工作。如果你不想被这个世界抛弃，你就必须工作。这是商人的世界，几千年历史的无耻商人的世界。当你工作时，你只需要出卖自己的劳动。其余的时间里，你就是买家，自由的买家。

"但是请您听我说，"她说，"这些不是碎钻石，是切割非常精细的小钻石。"

"随您怎么想。"他冰冷地回答并耸耸肩，对他来说对话已经结束了。他把戒指递给她，把放大镜放回抽屉，手一挥关了抽屉，表示事情到此为止。

她看着这几千年历史的无耻商人的世界，他使我走向绝境，走向耻辱的绝境。

"这枚戒指，您能给我多少钱呢？"她问。

他再次把它拿到手中，轻蔑地看了看，突然表现出格外开恩的样子。

"15 000里拉，"他说，"15 000里拉已经是特例了。"

她真想羞辱他，羞辱他那张从未年轻也从未成熟过的脸，但她只是说："这个戒指买来时花了1600马克，也就是150 000里拉。杜塞尔多夫的卡斯腾，就好比米兰的法劳内珠宝店啊。"

这是一个有见识的女人，你可以看出，她经验丰富，却并没有自卫防御的经验。一位红发女郎，她的头发不是染的，她是一位非常漂亮的德国女士。据说红发女郎在床上是很棒的。她优雅、秀色可餐，而且不能反抗。她的头发不是染的，她的钻石是完美无瑕的。

"您现在处境困难，女士，"他善意地说，"我再让点价吧。我给您18 000里拉，因为这是卡斯腾的货。"他突然开始哀叹："我真愚蠢，居然要接受这枚戒指。在冬天！在冬天，威尼斯根本就不热闹。在这个季节里根本没有几个顾客。"

18 000里拉。疯了，但18 000是比一张去慕尼黑、法兰克福、苏黎世或其他任何地方的车票钱多一点，然后我手里还可以剩下200马克，不够做一次完美的小手术，但足够让我逃离威尼斯，逃离克莱默。我已经没有退路了，我在这场交易里陷入太深，而且遭受了侮辱。人一旦受到了侮辱，就没有退路了。

她不说话，只是微微点点头，几乎难以察觉，而他立刻理解了，我做了一桩好买卖，这个星期有了好的开端，真是一个绝妙的时机。他猛然停止哀叹，再次摆出一副可敬的小珠宝商的模样，威尼斯最优秀的珠宝商之一，又拉开了一个抽屉，打开钱盒，付给她几张大面额的钞票——一张10 000里拉，一张5000里拉，三张1000里拉——然后把戒指放进一个小珠宝盒，看着她转身走了出去。一位红发女郎，她带给我幸运。门铃响了。为什么她不快点关门？啊，终于。店里安静了，在一次交易后满足地安静一小会儿。

她在门口站了一会儿，任由门铃发出尖锐刺耳的声音，因为她看到了克莱默，这个人的出现甚至把门铃带来的惊吓从她的意识中抹去了。过了片刻，她才慌张地关上了身后的门。他在商店大楼的拐角处靠墙站着，身上穿着那件松松垮垮、颜色难辨的大衣，他的身影有时被路过的行人挡住。但弗兰齐丝卡看见那张白色面具般的脸上似乎带着和善的微笑，这是对一切了如指掌的微笑。他一动不动地靠墙而立，面带微笑地观察着她，一秒、两秒。此时的她僵硬地站着，直到他开始走动，一步步地向她走来。

"您卖了首饰，"他说，"卖了多少钱？"

"18 000里拉。"弗兰齐丝卡说。

"是什么东西？"

"一枚戒指。"

"原价多少？"

"1600马克，在杜塞尔多夫买的。"

这是一次相当迅捷的审讯。面对这张白色的面具，这近乎和善的微笑，面对克莱默，或这台审讯机器，不可能拒绝回答。当他抓住她的手时，她根本无力挣脱。她转身，门铃响了，这次很短，然后她又站在了店里，那个瘦小、穿着讲究的男人又走上前来。他身穿一套针织纹呢面料的深色西装，胸前口袋上随意地塞了一块白色的丝绸方巾。从门帘后面走出来的他仿佛身在梦中。

他极其惊讶，紧皱着眉毛，望着站在门那边的弗兰齐丝卡。不等他反应过来，克莱默就已经站在柜台前了。

"是您刚才从这位女士手中买下一枚戒指的吧？"他问。珠宝商点头，依然在困惑中，他已经感到有些不安了，傲慢疑惑的眼睛中已经有了一丝恐惧。

"这枚戒指原本是花了150 000里拉买来的，"克莱默用流利的意大利语冷酷地说，"您只给了18 000里拉。"审讯机器确认了它的调查结果。

"如果这位女士想拿回那枚戒指，我可以奉还。"珠宝商说。他拉开抽屉，那里放着装戒指的珠宝盒。

"这位女士并不想拿回戒指，而是想要得到合理的价格。"克莱默用不容辩驳的语气快速说道。

流氓。他是流氓。这个男人是一个真正的流氓。我低估了这个女人。这是一个配合得天衣无缝的流氓团伙。他抬起在警报按钮边的腿。

"如果您按下警报按钮，那将只会对您造成不良的后果，"克莱默说，"我很乐意对警察解释我在这儿的原因。"

玻璃橱柜上抛光的木头正闪着如此幽暗的光，像是在梦中。他怎么知道我需要钱？自然是从帕特里克那里得知的，他昨天晚上审讯了帕特里克，从而得知了我的一切，就在昨天夜晚，在我离开之后。

"我给您一分钟时间，您再付给这位女士35 000里拉，"她听见克莱默说，"如果您拒绝，我会在半个小时之后带着塔基元帅回来。您应该认识塔基吧？他是反诈骗部门的，特别关注诈骗外国人的行为。"

又是抽屉游戏，这次是放钱盒子的那个。她听见钞票的沙沙声，但她没有走上前去，克莱默替她拿了钱。

"您还是做了一笔很好的生意。"他对珠宝商说，珠宝商正满脸憎恨、一动不动地盯着他。针织纹呢，从未年轻，从未成熟，被诈骗后的商人脸。"您好好想想，万一这事让塔基知道了，您得付多少钱，才能让他不把这事捅给新闻界。另外，我在报界也是有关系的。"

他慢悠悠地转身，缓缓地走到门边，拉开门。门铃响了，他任凭它一直响着，直到弗兰齐丝卡从他身边走了出去。他轻轻地关上门，门铃失声。

他走在她的身边，把钱塞进她的大衣口袋里。一个刽子手的钱。完美的小手术将由一个刽子手资助。

"谢谢，"弗兰齐丝卡说，"我感激不尽。"

"不必谢，"克莱默回答，"这是我的荣幸，我能借此从这个恶心的犹太人那里要来一笔钱。"

弗兰齐丝卡停住。"他是犹太人吗？"她问。

"当然，"克莱默说，"您没有读门上的名字吗？'阿尔多·洛佩斯'。洛佩斯是典型的威尼斯犹太人的名字，一个马拉诺人的名字。"

她又在克莱默的陪同下继续走。这样啊，一个犹太人。

威尼斯的夏洛克。他是否有一个女儿呢？他肯定没有女儿，否则他不会只给我18 000里拉。但也许他有一个女儿。夏洛克所做的一切都是为了女儿的意愿。啊，这已经无关紧要了。这是克莱默对犹太人的一次迫害，而我参与了。

她不知道应该去哪里，便随人流走着。在人群中我是安全的，不必担心克莱默。他们走在梅尔契里埃大街上，又被人潮推着，回到去圣马可广场的方向。"您还是很细心地把我拣了出来，"当他们到了广场的时候，她说，"将一只蚂蚁从蚂蚁窝中拣了出来。我祝贺您。"

他摇摇头。"威尼斯不是蚂蚁窝，"他说，"我只是料定您在梅尔契里埃大街。人们总是喜欢穿行在梅尔契里埃大街上。"他像是在宣布一条真理。然后他说："我们去老油画咖啡馆吧。我必须与您谈谈。"拒绝是没有意义的。她跟着他，两人沿着拱廊走着。老油画咖啡馆里几乎没人，他们坐到靠窗的桌子前。弗兰齐丝卡看着外面白色的空气，像影子般来来回回的行人，还有面具，像老油画咖啡馆中灰色的洛可可装饰品上那些威尼斯人戴着的面具，而她正坐在装饰品下面听克莱默说话。她点了一杯茶，想让自己暖和起来，而克莱默让人送来了一瓶啤酒，这次他并不贪婪。弗兰齐丝卡发抖地观察着啤酒杯上的水汽，以及被克莱默迅速喝掉的冰冷的泡沫。

"您要离开威尼斯只有两种选择，"他把酒杯放下，就事论事地解释道，"去火车站或去罗马广场的出租车总站。"他停顿了一下。"我听说，那几个年轻人想在那里等您，"他继续说，"路易吉和昨晚的其他几个人。他们想挑起事端，想要抢走您的手提包或做些类似的事来阻止您离开，因为那将引来警察调查，您首先会被拘捕。这些年轻人会为钱做任何事。"他若有所思地说："他们不想工作。"他又喝一口啤酒。"但我料定您会在梅尔契里埃大街。我其实是想防止您遇到不愉快的事情。"

"非常感谢，"弗兰齐丝卡说，"您对我很好。您不想给那些可怜的年轻人打电话，告诉他们不必再等了吗？"

"我与他们没有关系，"克莱默说，"而且，也有可能我并不能说服您留下来。"

"您完全可以试一试，"她回答，"您似乎对我很

241

感兴趣，而且显然您对我也有些了解。您知道我会去卖首饰，甚至没有想过我或许是去买首饰的。"

"您找了一个很不好的保护人。"克莱默说。

"他不是我的保护人。他是一个想要给我帮助的人。"

"而他却把您带到了我的社交圈里，不是吗？"克莱默没有等待回答，"昨天晚上他还把您的故事都讲给我听了。如果不是他把您的故事告诉了我，我也许会让您离开。'刽子手'这样的词并不像您所想的那样会对我造成大的困扰，我已经听习惯了，关键在于是谁说了这样的话。自从听说了您的故事，我就知道您可能会对我产生威胁。只有一种人能对我产生威胁，那就是像您这样的人。"

对这个人来说，人可以分为不同类别，比如犹太人，或者那些会为钱干任何事的年轻人，或者危险的和不危险的人。

"您好像根本不怕奥马利。"她问。

"怕他？不。我知道他想杀我。"他笑了，"但他永远不会这样做。"

"也许您错了，"弗兰齐丝卡说，她被某种突如其来的冲动驱使着，但并不确信，"也许他只是想悄无声息地解决这件事。"

"从他成为我的战俘起，我就对他了如指掌了。他有太多复杂的感觉，这使得他无法行动。"他狡猾地笑了，"我不会给他一次悄无声息的谋杀机会的。"

为了争取时间，她与他继续说着话。火车站和罗马广场已经不能去了，还有哪条路可以让我逃离威尼斯呢？船？在潟湖上租一条船，让人把我送到内陆吗？但他不会放她走的。

"您将会怎样处理掉我呢？"她问，"悄无声息地，还是来个大动静？"

他又笑了，一张在老油画咖啡馆的灰色洛可可面具之下的白色面具。他又喝了口啤酒。

"您真有想象力啊，"他说，"我们之间将会达成共识的。"

狡猾，他知道，他只需要说出一句威胁的话，我就会立刻起身去附近的警察局。但他没有犯那样的错。他不让我有理由去警察局报案，去寻求意大利警察的保护。相反，他甚至提醒我要预防一次袭击。他使我得到了钱，而且他在警察局里有关系。

"您说我是一个刽子手。"他开始回忆。有权势的人和他们的内心独白，这是一个大人物的典型自白，就像他的胃喷嚏一样来得自然。让他讲，赢得时间。"1933年，我从刑事侦查部门被调到盖世太保。我是一名官员。官员和前线士兵。我一直相信的是德国民族主义，而不是黑-红-金。我一直憎恨犹太人。当我们终于能获准抓捕犹太人、共产党人和民主党人时，我感到被拯救了。最后德国终于干净了，我是主张干净、透明的，我是官员。离开奥斯威辛后，我去了盖世太保在意大利的外务部门工作。后来我留下了，最初是在热那亚，后来到了威尼斯。起先也做些地下交易和敲诈勒索之类的事，您要知道，有一些意大利人与我们有很好的合作，而且在我的教导下一直在帮我们，因为不然的话，他们将会和我一起被逮捕。后来我们的组织又健全了，我可以告诉您，那是一个阴谋集团。我们只帮助那些被犹太人报复的人，我是我们这个组织里把客人送去阿拉伯国家的专业人士。钱足够了，我们还活着，而且那些与我们合作的人也都活着，他们不得不给我们钱，不仅仅是在意大利。"赞助者，也就是说除了孔雀酒店里那个援助诗人的赞助者之外，还有赞助刽子手的人，相当于有人同时赞助诗人和刽子手。他们用诗歌从谋杀中解救自己，却又用谋杀来报复诗歌。那位诗人的朋友也在赞助犹太人的敌人吗？不会是这样的，这是一个荒谬的想法。

"我在意大利生活得很好，我来威尼斯两年了，在朱代卡岛找到了一个两居室，它位于朱代卡岛上最肮脏的地方。特雷莎·法尔科尼，那个老妓女，当她听见我说给她多少租金时，她两眼都瞪直了，后来我在床上教会了她保持沉默。要躲藏起来，一个万无一失的秘方就是：你必须有钱，还要教会你床上的女人保持沉默。"他的话很有道理，他对我泄露他的秘方，告诉我为什么我无法躲藏：我没有钱，而且我是一个还没有教会男人保持沉默的女人。我做不到把美学家和刽子手混为一谈。

"自从共产党人、民主党人和犹太人得胜之后，我再没有回德国去。1944年初，我申请离开奥斯威辛。起初我被派到帝国的几个盖世太保办事处，但我觉得那里的工作无聊得很，所以申请被调到了国外。我就这样滞留在了意大利，在朱代卡岛上一个肮脏的两居室里。而且，说实话我也不怀念德国。如果不得不躲藏，那么我更喜欢肮脏的地方，在德国我只能想象到干净的生活环境。我最大的愿望是在德国有一间干净的办公室，里面有一张真正的办公桌，我会让女清洁工把里面擦得干干净净的，而我则坐在办公桌后面等待手下的人把"害虫"带来。我一直很喜欢等待审讯的那几分钟，您知道的，如果我已经研究过材料并已经在案子上花费了精力，那么我就只需要等待了。另外，我在审讯时从未打过人，而是相当冷静平和地与他们讲话，奥马利能向您证实这点。难道他已经告诉您我打了他？"

"没有，"弗兰齐丝卡说，"您在此之前已经通过'手下的人'完成了酷刑，不是吗？您是官员，官员不打人，官员命令人打人。"

这个上午他第一次凶狠地看着她。他的眼睛，这白色面具上的两个洞，缩小了。然后他又冷静下来，干巴巴地说："我一直坚守我的管理制度。好了，这事也过去很久了。实际上我并不认为我此生还会坐在德国的办公室里，因此，在意大利的这种肮脏的生活也是可以的。因为在德国的话，我只能以胜利者的身份干净地活着。"

弗兰齐丝卡看着玻璃杯下面的茶具和杯里的棕色茶

水，又感到一阵恶心。"您为什么要为自己辩护呢，克莱默？"她问。

他惊愕地抬起头。"请您不要直呼我的名字，"他冲着她说，"我早就不叫这个名字了。"

"在德国的搜查名单上，您的名字应该是这个吧？"弗兰齐丝卡说，"难道是我搞错了？"

他们互相对望。"一个高大、血统纯正的男人"，帕特里克曾经说过，"睿智、玩世不恭、充满活力，他就是生命本身，而生命，正如您所知，是智慧、玩世不恭、有血性的"。呵呵，他不过就是一张有红眼睛和厚嘴唇的纸板面具罢了。也许他就是老了，一个坐在灰色的洛可可老咖啡馆里的老白化病人。他想让我感到恐惧，在邪恶的老油画咖啡馆中的恐惧。

她将告发我，如果没有其他人敢这样做，她一定敢，她会冒险。回到德国后，她首先要做的事就是告发我，那么那些意大利人就无从插手了，他们受贿于佩罗尼和其他两三位经济界人士，所以即便知道我的底细，也从来不敢对我怎样。意大利的警察局不会用规章制度来干扰我，因为如果我说出些什么来，那将是一件很大的丑闻。但如果有人在德国告发我，那么我将被国际刑警组织遣送回国，意大利就正好把一个烫手的山芋甩掉了。在德国，无论我讲多少有关佩罗尼和其他一些意大利人的事情，法官是不会感兴趣的。即便我威胁要说出几个德国大人物的名字，几个经济界和政治界人士，他们也只会对此表示无所谓。在德国，人们只会将案件区别对待，掩盖罪责。在德国，人们严谨地区分被告和罪犯、该负责任的人和犯罪的人，只有犯罪的人才将遭受惩罚。

"我并不是在为自己辩护，"克莱默说，"我只是在跟您聊一聊我的人生，让您知道，回到德国后您将告发的人是谁。您打算去告发我，是吗？我很了解像您这样的人。您和我一样爱干净，这一点显而易见，何况奥马利也告诉过我。人们之所以像您这样做，是因为他们想要改变自己的生活，因为他们不能忍受肮脏。像您这样的人是不宽容的。我也不是宽容的人，因此我知道我必须提防着您。我应该提防的是您，而不是奥马利。"

用宽容的公式将奥斯威辛的暴行和我逃离赫伯特的行为画上等号。弗兰齐丝卡坐直了身体，她感到又愤怒又激动。但他的话里也有真实的一面，我们有共同的梦想，都有一个干净的德国梦：为了干净，抽象的干净，要清除世界上的一切肮脏——邪恶的肮脏和善良的肮脏。世界上存在着善良的、有价值的肮脏，生命就是从这肮脏中诞生的，但是我们却梦想着有一天德国能不顾善恶地实现大清洗。我们渴望清洁，而不是清白。

"我不知道奥马利对您讲了与我有关的什么事，"她说，"但我们对干净的渴望是不相同的，因为我不会去杀人。我渴望干净，但我只对我自身有这个要求。"

"您很狡猾，"克莱默说，"您这是在提示我，您不会告发我，我应该放您走。"

他是一个怪兽。她感到自己渐渐平息了下来。他深知被他审讯的人的灵魂。他的做法是，先假装对我不信任，但其实他知道我说了实话。他知道我不会告发他，所以在这次谈话中第一次公然地威胁我。

"您是一个怪兽。"她说。

"不，"他回答，"我只是一个官员。请您原谅我用'放您走'这种表达，我并不是这个意思。"

他又伪装起自己，又戴上了面具。"您的想法很浪漫，"他说，"也许是因为您看了太多的侦探小说或者听到太多关于我们这些人的民主主义言论。"

"当然，"她冷冷地说，"我现在脑子里全是那个组织，那个被您称为阴谋集团的组织。"

他一脸的不满。"组织……"他的语气充满怀疑，甚至近乎鄙视，"是的，当然，这个组织运转正常。我们早已经轻车熟路了，毕竟我们全部是狡猾的老警察，经验丰富的刑事警察。但我们不是一群密谋政治的人，政治谋杀[1]是发生在第一次世界大战后。我们与您想象的完全不同，我们是一个小的救援组织。另外，我们这个俱乐部里全是冷漠的人。"

冷漠刽子手的俱乐部。我真想知道他是否在吹嘘；他是否真的会让人监控我，此后，今天下午，明天；我是否真的掉进了陷阱。火车站和罗马广场一定不能去了，威尼斯是一个陷阱。今天天黑之前，我一定要离开威尼斯，天黑后我就危险了。但这时，他把她拉了回来，她不得不继续听他说话。

"我们变得冷漠已经很久了。在奥斯威辛时我就已经

1原文为Fememorde，指代1919至1923年间发生在德国的一系列政治谋杀事件。

变得冷漠了，而且很奇怪的是，这变化是突然发生的。这很难解释。您想象一下，在好几年的时间里，一群群犹太人从我身边走过，等待着被杀掉。有一天我又站在集中营的门口，准备接一批被运来的东部的犹太人。当这些人从我们身边陆续走过时，我们都没有多看两眼。但我突然看到了一位年迈而瘦小的农妇，她也许是一位奶奶，戴着黑色头巾，有三个孩子抓着她宽大的裙子。老妇和孩子们顺从地走着，他们肯定不知道自己将会遭遇什么，对他们来说这就是一个新的集中营。但这时我的内心发生了变化。我突然发现，我观察这些人的时候，自己没有丝毫的感觉。您也许会认为我指的是同情，那您就想错了。猛然间让我大受打击的是，我的心里没有一丝一毫的恨，甚至厌恶的感觉也没有，我只感到无限的冷漠。我觉得自己就像上帝，从无限的高度望着混乱的人群。"

外面，在棉絮般的白色空气中，一个个灰色的面具在圣马可广场上行走着。也许他们都在走向毒气室，毫不知情地走在上帝刽子手的目光下，也许上帝只是一个刽子手。那是怎样的创造，居然决定了我们所有人的死？他们通过行政官邸大楼的拱廊，一同走向上百个毒气室。她透过老油画咖啡馆的玻璃窗看向广场。哦，上帝，这是对你最大也是最后的怀疑，你为什么要创造克莱默？为什么要创造毒气室、在奥斯威辛和威尼斯的死囚牢、棉絮般的白色空气，以及行政官邸大楼黑暗的拱廊下那些死亡集中营大门前的冷漠？

"当我意识到冷漠降临在我身上时，"她听见克莱默说，"我立刻清醒地认识到我已经丧失了正确的工作态度，我失去了信念。我得出结论，然后申请去了外务部门。对您承认我没有再找回我的信念，意味着我告诉了您我最大的秘密。"他沉默了。希望他现在保持沉默。

"也正是因为这个，我加倍地恨犹太人……"他说，但弗兰齐丝卡终于打断了他。"请您闭嘴，"她对他说，"不要再说了，我已经听不下去了。"

她静静地坐了几秒钟，放在大衣口袋里的手握成了拳头。人们应该将他像一只老鼠一样打死，我会去告发他。她仍然像盲人一样看着广场，看着硕大的石板，看着影子般的行人，然后她看见了一个熟悉的身影，这个身影把她从恶人的魔咒中解救出来，这是一种愉悦、宁静的力量，这力量强迫她把这个男人定格在自己的视线里。她看着他消瘦的、不黑也不苍白的脸，看着深色短发下那张不起眼却很精致的脸。这是昨天上午钟楼的大钟发出巨响时出现的那个男人，他还是穿着他的加拿大式外套，那件有内衬的棕色夹克。但这次他的右手中有一个黑色的小提琴盒，他提着他的小提琴盒走在老油画咖啡馆的窗前，就像是一缕希望。但他走过去了，消失了，这个钟楼上的男人。现在她又独自一人了，独自与克莱默在一起。

克莱默又说了些什么，但她不得不请他重复一遍，因为她根本没有听见。

"我只是想解释为什么您会对我有这样浪漫的设想，"他说，"没有人想要——您怎么说的？——处理掉您。我想帮您。您在找工作吧？我能立即给您一份工作。我在商界有朋友，他们急需像您这样的人。"

他成功地让她大吃一惊，但是她要先算一算。我有30 000里拉，然后又得到了18 000里拉，此后他又给我多要来了35 000里拉，现在我总共有83 000里拉。他已经使我有了足够的钱来支付一个完美的小手术，现在又要为我提供一份工作，而且是与我的技能对口的工作，工资待遇肯定也不赖。冷漠刽子手俱乐部的赞助者居然要为我提供一份工作，我一定是对他有价值的人。

"为了让我沉默，您准备付出很高的代价啊，"她说，"这是一份封口的工作，不是吗？"她并没有等待回答，"之后再慢慢地处理。先让我在威尼斯、帕多瓦或博洛尼亚工作，然后找机会悄无声息地让我消失。因为您对我永远不会放心，这一点您很清楚。"

他略显厌倦地摇摇头。"您低估了我的合作伙伴。他们也低估了他们自己。"他突然注视着她，他的眼神让她脸红了。"您很美，"他说，"您是一个红发美人。我老了，而且我太冷漠，否则我就知道该怎么做才能使您与我达成共识。但是我已经与特雷莎·法尔科尼生活在一起了，和妓女生活在一起的人会变得冷漠。我最好还是把您送到我的商人朋友那里去，他们一定会与您达成共识的。"

他明白我的故事。有那么一瞬间，她钦佩不已，因为他从她的故事中得出了极为精准的结论。他知道，如果我回到逃离之前，回到某个像赫伯特或约阿希姆的意大利人身边，回到买卖的世界里；如果我积极参与，学会沉默，并沉默地翻译赞助者说的话；如果我沉默地记录美学家和刽子手给诗歌和谋杀提供的经费，那么我就完了。

她站起身。"这就是您的条件吗？"她问。

他依然坐着，耸耸肩问道："您什么时候给我回复？"

"今天晚上，"她忽然灵机一动，建议说，"哪里？"

"您定地方。"

"如果您觉得合适，那就7点，还是在这儿，老油画咖啡馆。"这听起来像是一个建议，冷漠，不容辩驳。"请不要试图离开威尼斯……"他停下来思考着，然后在白色面具后面笑了，"或者您也可以悄悄地去旅行，如果您想犯傻的话。工作时我更喜欢把手伸得很长，我不喜欢近距离操作。"

这当然是虚张声势，最后他吹牛了。她站在老油画咖啡馆的外面思考着应该去哪里，她想起他在珠宝店外面等她的事，知道他并不是虚张声势。组织又健全了，一个势力强大的阴谋集团。突然，钟楼的大钟敲响了11点30分的钟声，她想起来，她只有唯一一个离开威尼斯的机会，甚至可以无影无踪地消失。帕特里克的船。帕特里克，那个被贬的天使，那个失去魔法的撒旦。他当然只是一根稻草，但毕竟是一根我能抓住的救命稻草。帕特里克，那个受克莱默鄙视，不被克莱默放在眼里的人，晚上7点，他的船将停靠在学院桥的左侧，在桥与格瑞提皇宫酒店之间的台阶那里。为什么他不能更早一些到那里去接我？为什么要那么晚，要在天黑之后？如果我知道他现在在哪里就好了，去找他是无济于事的。

她毅然地离开了老油画咖啡馆，临走时看见克莱默还坐在桌边。她转身走向梅尔契里埃大街，穿行在挤满人的窄巷子里。到了圣巴托洛梅奥广场，她打开门，门铃响了，但这次时间很短，因为她迅速关上了门。

他站在柜台后，针织纹呢西装后面是玻璃橱柜上抛光的深色木头。在镀金吊灯的光环下，他的个子显得更小了。看见她时，他往后退了一步。

"给您，"弗兰齐丝卡说，"我把钱还给您。"

她把先前克莱默塞在她大衣口袋里的钞票拿出来，放到他面前的光环中。

"我与刚才的那个男人没有任何关系。"她说。

她看见他惊讶地竖起了眉毛，瘦削的脸上出现了对闻所未闻之事的惊恐。她转身离开，但他迅捷地在她之前走到了门口。

"但这是为什么呢？"他困惑地问。

她平静地看着他。"您知道莎士比亚的《威尼斯商人》吗?"她问。

我并没有看错,她就是一个不能自卫的人,一个有经验但不能自卫的女人。他惊愕地点头。

"我讨厌莎士比亚,"她告诉他,"当我想到夏洛克的时候。"

"请您收下这钱。"他说。他把钱紧紧地握在手中。她是我的女儿。

弗兰齐丝卡摇摇头。她的手已经抓住了将会鸣响的门的手柄。

"我能帮您什么吗?"他问,声音里有一丝绝望。

她放下门手柄上的手,因为此时她突然想到了什么。

"您认识在威尼斯的好医生吗?"她问。

他立刻明白了。她感觉到他的目光正扫视着她的身体,羞怯地闪着微光,就像他的珠宝发出的光亮。

"亚历山德里医生,玛宁广场,"他急切地说,"一位优秀的医生,他是我的朋友。要我给他打电话说一下吗?"

她摇头,然后走出正在鸣响的门,到了广场,这一次没有人在那里等着她。

法比奥·克雷帕兹，下午

法比奥把小提琴留在了乐团的衣帽间，与几个同事去吃了午饭。在进行整整一下午的排练之前，音乐家们通常会一起到剧院附近的饭店吃饭。他们在桌上大声地交谈，批评乐团的指挥、领导和歌手，或者谈论政治。老西蒙尼是在《奥菲欧》中演奏的三个低音提琴手之一，他与法比奥讨论了他将得到多少退休金的问题。他们一起计算着西蒙尼每个月的退休金与家庭支出的比例，这笔钱当然不够，因此西蒙尼还必须私下里教课来维持一家人的生计。法比奥想着总有一天自己也会到领退休金的年纪。想到自己会作为一个退休的人走向生命的尽头，作为凤凰歌剧院的退休员工，作为音乐界的退休乐手，他感到很有趣。他的生命以革命者的身份开始，却将以退休音乐家的身份终止，也真是不可思议。但他想，毕竟成为退休的音乐家比成为退休的革命者好。世界上有太多退休的革命者，他们中大多数人的退休金都比老西蒙尼能得到的救济金要多许多，这是不公平的。那位老音乐家将一生贡献给了听众的灵魂，那是一群被束缚在日复一日的平淡生活中的人，他把热情和深邃的情感献给他们，唤醒他们真实的想法和对美的感知。而退休的革命者什么都没有做成，他们只是在人们心中燃起了无法实现的希望。

饭后，法比奥去了伍果的酒吧，想点一杯意式浓咖啡独自静一会儿。伍果总是为他煮一杯美味的意式浓咖啡，而且如果他不想听伍果说话，伍果就不跟他聊天。法比奥边抽烟边想着昨天下午在拉尔加街的电影院见到的那个男人。星期天的下午他去看了安东尼奥尼的新电影。法比奥特别喜欢好电影，总是对影子戏如痴如醉，但昨天他看到的不只是一部电影，他看到了一个人。这个人始终无法从他脑海中消失，因为他让法比奥想起了自己缺少的东西。眼前的这个男人行走于法比奥生命中的一片空白区域。安东尼奥尼像一位学者展示罕见的昆虫那样把这些展示给了他，仅仅借助一个用白色幕布做成的平面，没有其他东西，然后留给法比奥自己去得出结论。

海

他们很顾及他的感受，即使他不参与他们的谈话，他们也不加评论。他们都知道伊尔玛离开了他。她与他一起生活了几年，几天前她走了，去了另外一个人那里，现在住在那个人的家里。阿尔多用一把平头锤子把墙上的灰泥敲下来，大块灰色的灰泥掉到他的脚边。他们在装修弗兰克利诺城边的一栋房子。中午休息时，他听见他们在聊天。卡罗说他想去德国，他厌烦了这儿的贫困生活。菲利波说："我们这儿人太多。"因为是冬天，他们坐在临时的工房里。休息时间过后，阿尔多穿上大衣走了。他听见卡罗在身后叫他，但他并未回过头去，而是走到通往弗兰克利诺市区方向的大道上，一直走到了街道的另一头，他的家就在堤坝的顶部。他把几样东西放入旧的小手提箱里，然后向窗外望去，冬天的浓雾下，灰色的波河正从他的眼前流过。

安东尼奥尼模糊地呈现了伊尔玛离开的动机。伊尔玛的丈夫移民去澳大利亚后就消失了，因此她和阿尔多不能结婚。几天前她得到消息说这个人死了，她是自由的了，但她却发现自己已经不爱阿尔多了，而且她早已经与另外一个男人有了关系。伊尔玛就这样离开了，因为她不再爱阿尔多了：这是一个动机。相反，阿尔多没有停止对伊尔玛的爱，关于这个事实，安东尼奥尼没有给出原因，可以说这是他的这部电影中一个没有得到进一步分析的前提。如果你愿意，你可以用伊尔玛的性格和气质来解释那么多年阿尔多一直对她有感情的原因：她是一位骄傲、独立、不愿在欺骗中生活的自由女性。她比阿尔多更有个性。法比奥想起了雪莱的诗："两颗心曾经合为一体，爱先飞离坚实的巢，留下脆弱的那个，独自承受曾经的拥有。"

阿尔多沿着波河的堤坝向下，因为这样就能尽快离开这个让他遭受侮辱的地方——弗兰克利诺。他离开大坝，在公路上拦了一辆能把他带到东部去的汽车。他到了费拉拉市的奥基奥贝洛，在那里找到了一份泥瓦匠的工作。在奥基奥贝洛，他认识了一个缝纫女工，她是一个井井有条的漂亮女人，很幽默。他被她吸引，但她并不想和他在一起，她甚至有些害怕婚姻。她和同事们住的那栋房子像他的房子一样临近波河，但不在堤坝的顶部，而是在堤坝的后面。这儿的水流比在弗兰克利诺的更加湍急。一天晚上，阿尔多在一家饭店见到一个来自弗兰克利诺的卡车司机，那司机告诉他，伊尔玛结婚了，那是一场盛大的婚礼。安东尼奥尼做了一切努力来表现为什么阿尔多和缝纫女工艾尔维娅没有在一起。艾尔维娅有一个妹妹，一位少女，她出于好奇爱上了阿尔多。安东尼奥尼展现了阿尔多在躁动和失落的情绪下是怎样屈服于"无端行为[1]"（即无意识的肌肤接触）的，法比奥很了解这一点。没有激烈争执的场景，艾尔维娅最终很高兴自己甩掉了阿尔多。艾尔维娅是这部电影中最善良、最敏锐、最快乐的角色，安东尼奥尼将这个人安排在阿尔多所在的故事中，却使她永远不会经历阿尔多的故事中的戏剧性前提。艾尔维娅将成为一个善良快乐的老姑娘。总有一天我会成为一个老单身汉，法比奥想，而且我也许不会像艾尔维娅那样快乐。

在广阔的费拉拉平原，在冬季潮湿的天空下，阿尔

1原文为法语actes gratuits。

多留在了一个姑娘那里，她拥有一个加油站。姑娘的父亲上了年纪而且有点疯，阿尔多会帮助她。她长得漂亮，比伊尔玛还漂亮，而且很感性，在床上也十分出色。阿尔多得到了幸福，两个人唯一的烦恼就是她的父亲。这位老人持有一张意大利无政府主义者联盟的成员证，十分孤独，波河流域不同于托斯卡纳地区，那一带已经没有无政府主义者了。他开始做疯狂的事，有一天他打了正在砍树的邻居。维尔吉尼娅对阿尔多说："我们最好是把他送去收容所。"她是站在五斗柜前顺口那么一说的，但阿尔多迅速朝她看了一眼，他知道这意味着什么。他愤恨地想，这又是一个要把给自己带来麻烦的人送走的女人。加油站在托莱港附近的一条连接拉韦纳和威尼斯的新公路上，于是他们将老人送去了拉韦纳的养老院。这是维尔吉尼娅的意愿。阿尔多看着坐在收容所冰冷的走道上等待的男人们。老无政府主义者一直挺喜欢在托莱港附近的平原上漫步。

安东尼奥尼急切地想要表明，阿尔多与维尔吉尼娅的关系与爱情十分相似。如果他能忘记伊尔玛，那么他将会产生错觉，即使维尔吉尼娅性格平庸，他也可能会爱上她。法比奥思来想去后否定了自己的结论，倒不是因为维尔吉尼娅的性格特征——爱的可能性不是取决于相爱的人的缺点和爱好——而是因为他知道仿造品不可能渐渐地转变为真品。人们知道这是错觉，却尽最大的努力去将就，这是大多数圆满婚姻的秘密！可是，因为没有遇到真爱而欺骗自己，这并不是长久之计。以我自己为例，法比奥想，我没有遇到真爱，但我也不能就此用错觉来欺骗自己。他思考着，他与阿尔多有一个共同点，那就是他们都无法对幻想妥协，但他们的不妥协却是出于完全相反的原因：阿尔多是因为知道自己的真爱是谁，而法比奥却是因为不知道。

阿尔多走了。他遇到了一批临时工，他们住在波河的河口地带。这是一群奇怪的季节工，他们加入了名叫"绿猫"或"魔灯"的俱乐部，住在科马基奥和彭波萨东部的防空洞和木屋中，饥肠辘辘地等待着早春的农活。阿尔多开始与一个"来自坎帕尼亚的妓女"有了恋情，她的木屋在"焦点"，坐落在波河三角洲地带一条平缓支流附近的沙滩上。他终日无所事事，玩扑克，去钓鱼。在饥饿的夜晚，有个名字叫瓜尔蒂耶罗的人会讲委内瑞拉的故事：一些关于逃亡到天堂的老故事。饥饿难耐时，安德瑞依娜会起身离开，大多数时候她都能挣到一些钱。

在这个故事的结尾，安东尼奥尼安排阿尔多去了一个没有羞耻的黑色天堂，仿佛是要向他证明，即使是到了一个爱情不受传统束缚的地方，他的悲剧也不会结束。最后，阿尔多本可以告诉自己，既然人与人之间的关系能像艾米利亚地区的临时工之间的关系那样简单，那么他和女人之间的这些事就不那么重要了。但安东尼奥尼却让阿尔多顽固地坚持自己对爱情的想法，像那些研究原始部落的社会形态的人类学家所阐述的那样。法比奥欣赏安东尼奥尼的固执。终于有一天，阿尔多感受到了安德瑞依娜对他的忠实，因为她依旧会与任何一个给她钱的人或者有这方面需求的穷鬼睡觉。他只是发现她很喜欢他，每每想到有一天他也许会离开，她都会不愉快。她已经准备好与他过任何一种生活，只要是与他在一起。当阿尔多看出安德瑞依娜的想法时，他走出木屋，来到"焦点"，在草原和能望见大海的沙滩上走了很久。然后他回到了弗兰克利诺，在伊尔玛的眼前从一座塔上跳了下去。他的下坠终止在他爱过的女人的尖叫声中。

对法比奥来说，这个阿尔多是最不同寻常的人。法比奥看着他时，就好像是在观察一位在格陵兰冰原上行走的极地探险家。这是对法比奥来说完全陌生的疆域，而阿尔多却在那里自如地行走，仿佛是在梦中游荡。法比奥根本无法鄙视他的痴迷。阿尔多懂得法比奥所不懂的事。

但如果我已经懂得了阿尔多所懂得的事，法比奥思考着，那我又是如何理解它的呢？人们是怎样理解爱的呢？他在寻找一个合适的词，爱的本质只能用一个词来形容，他找到了这个词：依赖。这个名叫阿尔多的男人所经历的是依赖而不是命运，爱驱使他到了永远失去自由的境地。当然，他也曾有过放弃爱的机会，可是他从未想到这一点，即使他曾经想到过，那也只是像想到了一片可怕的大漠。依赖对他而言是世界上唯一的活力，所以最后定格在他眼睛里的是灰色的汹涌的潮水，但这象征的并不是自由，而是徒劳。

法比奥想，体验爱中的依赖一定很可怕。他想到自己已经是快五十岁的人了，"所以我已幸免于这种依赖"。他觉得这句话并不令人愉快，只是从某个简单的角度看是有趣的。他想找到一句更贴切的话，但只想到一句：我错过了它。

他心情糟糕地把支付意式浓咖啡的一枚硬币扔到吧台上，向伍果挥挥手走了出去。他不得不抓紧时间，《奥菲欧》总彩排前的排练将在2点30分开始。

弗兰齐丝卡，黄昏

护士又确认了一下弗兰齐丝卡的名字，然后把装着尿液的试管盖好，贴上了标签。在护士走出去之前，弗兰齐丝卡听见亚历山德里医生说："您不必排队，请直接把标本送到实验室去！"透过医生身后的窗，弗兰齐丝卡看见玛宁广场另一边的房子被笼罩在灰色的薄暮中。他已经结束了检查，我可以走了。她站起来，医生也站了起来，他说："明天下午就有结果了，您可以打电话询问。"

他非常务实，没有检查她的身体，没有以必须检查她的身体为借口来满足一时的色欲，很多医生都有借机偷窥的癖好。"在这么早的阶段，我没有必要检查您的身体，"他说，"我们只需要在实验室里做个检查。"他还给她开了治恶心的药方，尽管她在新街的一家餐馆吃了午饭后并没有感到恶心。

如果一切顺利，如果我与帕特里克成功地逃走，那么明天下午我就已经远离这儿了。我可以让帕特里克在安科纳、的里雅斯特或其他任何一个地方靠岸，从那里打电话询问检查结果是阳性还是阴性。她看了药方，确认医生的电话号码也写在上面。

"您也可以亲自过来。"亚历山德里医生说。"明天这个时间。假如有什么事需要商量的话。"他补充说。

假如结果是阳性。假如结果是阳性，那么将会有事情需要商量。完美的小手术。一个不需要多少时间，但非常疼痛的手术。在这么早的阶段，只要做好消毒工作，这种手术是没有危险的。弗兰齐丝卡明白亚历山德里医生是在给她建议，显而易见，珠宝商给他打过电话了。下午3点钟弗兰齐丝卡到达诊所时，护士看着她，好像认识她似的，然后给她预约了下午5点钟看病。5点一到，她立即受到了医生接待。亚历山德里医生约莫四十岁，个子高高的。他聪明不凡，而且沉着自信，做事有条不紊，让人感觉十分可信。诊所里像医院一样灯光明亮，丝毫不用担心消毒方面会出现差错。犹太人知道如何能找到好医生，他们对优秀的医生有第六感。

"您对我的朋友洛佩斯做了什么？"医生笑嘻嘻地问，这是他第一次谈到私人话题，"为了让我帮您，他在电话里几乎要自杀了。他原本是一个很冷漠的人。"

我在威尼斯居然已经有了这样的朋友圈！从帕特里克开始，然后是克莱默和路易吉，珠宝商洛佩斯和亚历山德里医生，还没有算上两个旅馆的门房，这些人都与我的命运相关或者与我的命运擦肩而过。人无法躲藏。人可以离开，但只会发现自己又到了另一个地方。一个人离开人群，是为了出现在人群中。

"即使结果是阳性的，"她说，"也不会有什么事需要商量。"

她不知道自己说这话时到底是在确定结果，即思维链的最终形式，还是仅仅为了打探消息。但无论如何，这位医生的反应坦诚得有些残酷。一位外科医生的坦诚。

"我们不必绕圈子，"他说，"在这个阶段，我只需做一个很小的检查，女士，在检查过程中做一个简单的手术，随后做一次彻底的清洗——结束！我不冒一丁点风险。我只是给您做了一次下身检查，因为您抱怨说那里不舒服。简单无风险。"他看着她:"当然,我告诉您这些,是因为您没有人陪同,而且是洛佩斯把您送到我这儿的。"

"我理解,"弗兰齐丝卡说,"谢谢!"

他转身走到窗口,手指敲打着窗玻璃。

"我没有结婚,"他说,"因为我不想要孩子。"对面房子的外墙在越来越昏暗的雾气中变得更加模糊。"您看看这座又老又破的城市,这不是一个适合孩子生活的城市,也不是一个让人感到年轻的城市。"他立即又振作起来。在他说话的那一瞬间,他对我的疑似怀孕及所有的妊娠都是憎恨的,他的恨除了来自老城威尼斯之外,一定还有其他什么理由。他优雅地,几乎有点霸道地把她带到了门口。明亮的诊所,像医院一样干干净净的房间,它们在这座古老破旧、让人无法感到年轻的城市中凸显出来。候诊室里已经没有等候的病人了,护士也不再进来,弗兰齐丝卡穿上大衣。威尼斯人那间冰冷却能唤起信任的谈话室里不再传来任何动静。他将帮助我,他将帮助我。她沿着寂静、装修典雅的楼梯往下走,身后沉重的大门静静地自动关上了。玛宁广场的黄昏像一条灰暗的纱布将她裹住。

弗兰齐丝卡早上离开旅馆的时候就计划好不再回去了。她带着手提包，从门房面前走过时没有对他说一个字。我已经付完房费了，而且他们会注意到我没有回来。我去吃了早餐，见到了珠宝商和克莱默，之后又去见了珠宝商。不过他不再仅仅是一个名字叫洛佩斯的珠宝商了，他是一个马拉诺人，一个从西班牙移民到威尼斯的老犹太家族的后裔。然后是午餐。为了看看之后会不会又犯恶心，她强迫自己吃了一些完全不可能的东西——墨鱼汁烩饭，这种饭因为拌了墨鱼汁而呈黑色——但她没有感到恶心。下午3点钟第一次到亚历山德里医生的诊所，3点到5点间随便逛了逛。最后她走进了佩萨罗宫，在没有名气的现代绘画之间疲惫地转悠，不过展厅里倒是有一点暖气。她坐到了一张红丝绒的长椅上，长时间地盯着一幅画，这幅画的名字是《城市风景》，是一位她从未听说过的画家马里奥·西罗尼的作品。这幅画很美，在几栋房子前有一辆棕色的货车。然而她已经没有力气记住那些房子的样子了，更何况也没有必要。在西罗尼的这幅画里，棕色和蓝色的颜料十分厚重，色彩强烈，背景中有一座工厂。她逃进了这幅画中。如果世界就像这幅画，那么就不会有像克

272

莱默这样的人，而只有那位医生。整个时间里，她根本没有注意到自己是否被跟踪，她有意识地禁止自己去想。不管克莱默有没有找人监视我，我反正不能抵抗，在这方面他比我聪明，所以我根本不必去顾及。但她自然还是顾及到了，只是没有看到有人跟踪她进出佩萨罗宫，也没有看到有人跟踪她穿过空荡荡的玛宁广场。现在去哪里？她不由自主地走向与大运河平行的大街，因为她知道这样走的话就能到学院桥，到帕特里克的船上，但是现在才刚过晚上5点钟。帕特里克要在晚上7点钟的时候等我。她走进一个酒吧，点了一杯意式浓咖啡。到了船上我要立即躺下睡觉。然后她不由自主地意识到，她已经在内心接受了帕特里克的建议。她边思索着，边用勺子在微小的杯子中搅拌。她把手提包放在了杯子的边上，这是一个已经有些磨损的高级棕色皮包，让她想起了星期六早上做过的清点。我来到威尼斯的时候做过一次清点，现在我将要离开威尼斯了，也许有必要再做一次清点。我到底应该怎样做呢？像一个小女孩，像一个蹒跚学步而不用负责任的孩子？我必须计算，冷静地计算我的可能性，我有多种可供选择的机会，谁说人没有选择的自由呢？

正当她准备开始清点的时候，她注意到有一只手，一只很胆怯的手正将糖罐递到她的面前，她明白了：有人看到她用勺子在杯子里搅拌却没有往里放糖。她把头转向右边，向着糖罐来的方向，看到了除了她之外唯一的一位站在吧台前的客人——服务员在隔壁房间，门敞开着——这是一个穿着深色旧大衣的年轻人，他的眼前也有一杯意式浓咖啡。弗兰齐丝卡从糖罐里取了一些糖，说："谢谢！"

年轻人不好意思地点点头，然后又鼓起勇气说："今天晚上很冷，是吧？"

他戴着黑色水牛角镜框的眼镜，穿着旧大衣，看上去有些寒酸。他黑色的头发下是苍白消瘦的脸，脸上有一种沉思的表情。当弗兰齐丝卡很平淡地回答"是，糟糕的天气"时，他沉默了，他们都沉默地看着自己的咖啡杯。弗兰齐丝卡刚才的思路被打断了，但也正因为如此，她才能极力回想自己可以选择的机会。帕特里克只是我所有机会中的一个，我还有一系列其他的出路。现在，我甚至可以选择堕胎，我居然有了不同寻常的运气，在德国我不得不为堕胎而费尽心思。逃亡让我陷入了绝路，陷入了逃离赫伯特和约阿希姆的威尼斯绝路，而这条绝路上现在有了三个出口。诡异，我已经不知道当初为什么要不假思索地逃跑了。如果你与像克莱默和帕特里克这样的人有了来往，那么你就弄不明白，自己为什么曾经对像赫伯特和约阿希姆那样的人有过重视。现在有三条出路：第一条是堕胎并接受克莱默提供的工作。这是最糟糕的选择，我将处在一种需要再次逃跑的境地，需要逃离一个意大利版的赫伯特或约阿希姆。逃跑，谨慎地逃离克莱默。弗兰齐丝卡再次处于一个关键的时刻，她意识到自己与克莱默的关系已经到了凶险万分且无法挽回的地步，因为她知道了他的秘密。因此，第二条出路就是回德国去。堕胎，然后回德国去，直接逃离克莱默，然后在德国告发他。或者不堕胎，立即坐车离开，冒险去对抗克莱默和那个阴谋集团。但回德国去就等于我的出逃前功尽弃，尽管我不会回到赫伯特或约阿希姆身边。更何况我不关心国际刑警组织是否会逮住克莱默，也不关心德国的某个法院是否会对他进行审判。诡异，我对这些并不在乎。他是死敌，但我必须以另一种方式与他了结，而不是在警察局的走道上等待，与一个在写字桌后做着笔录的官员谈话。告密，一个怀孕的女人或一个打掉孩子的女人是不能告发别人的，甚至不能告发一个刽子手。对于这个女人，对于我，这一切都不重要。无所谓。

"您是外国人吗？"她听见年轻人问。

他搭讪的样子有些笨拙，但很可爱，因为这个比我小很多的年轻人是可爱的。他必定是一个倒霉蛋，他不知道自己挑错了时间。第三条出路是帕特里克和他的船。天外救星，一个梦幻般的机遇，美好得令人难以置信。有人会用这种梦幻般的方式把我从困境中解救出去，怎么会有这种好事？她看着挂在酒柜上方的钟。5点30分。但也许他的船早就在桥边了呢？为什么我之前没有想到这一点呢？她突然感到着急，迅速喝完意式浓咖啡，然后想起了刚才被问到的问题。她点点头。

"那么您一定是经常旅行吧？"他问，"我的意思是，既然您会在这个季节旅行，在冬天来威尼斯……"

她感到吃惊。"是的，"她说，"我经常旅行。"太多，我希望能够结束这次旅行，开始在某个地方拥有一个家。但也许我已经太老了。我已经老了，而且是一名翻译。讲外国话不只是一个职业。

"我从不旅行，"他说，"我没有钱旅行。您想象一下，我从未旅行过！当然也有过几次郊游。曾经有一次，我在多洛米蒂山脉待了一个星期。我是办公室的工作人员，文书，月薪22 000里拉。"

她强迫自己等待，尽管她已经把付意式浓咖啡的硬币放在了杯子边。在她看来，他说话时和他之前递来糖罐时一样羞怯。但他的羞怯里有她熟悉的优雅，就像那不勒斯或者米兰的商店门前的小孩伸出张开的手时那样优雅。意大利，这个美丽的国家，这里还有人在乞讨。

"您不能带着我吗？"他说。他没有看着她，而是低垂着头，透过眼镜看着自己眼前的杯子，将所有的希望寄托于一个奇迹的出现。一位坐办公室的文书，月薪160马克，从未旅行过。"您明白吗？我想出去，出去。我一直待在办公室里，哪儿也没去过。而且您一定是有钱人，"他说，"因为您能在冬天到威尼斯来。您需要帮手吗？您或者您的丈夫。一个陪同，一个帮您提箱子和买票的人？"

伸出张开的手，然后说："您很美丽，女士。我很想和您一起旅行。"

他显然是被自己的鲁莽行为搞糊涂了。只有意大利人，而且是笨拙的意大利人，才会当着别人的面说出这种话。一个困惑的年轻人，但没有困惑、年轻到会害怕像"美丽"这样的词。他继续说下去。

"您不要认为我曾经对其他陌生人提出过那样的请求！我不知道自己怎么了，立刻看出您是一个外国女人。但不仅仅是因为这些，也不是因为您的美丽。"他停下，求助地盯着她，但显然是一个优雅而害羞的乞讨者，"您看上去是一个能让人说出实话的人。"

"那您呢，"弗兰齐丝卡迅速反问，"您也是能让人说出实话的人吗？"

他垂下了眼睛，疑虑地耸了耸肩。

"我不知道。"他说。

"我正要停止旅行，"弗兰齐丝卡说，"因为我会有一个孩子。"

她看到他瘦削的脸上现出失落的表情，眼镜镜片上的反光就像一种谴责。这次打击来自他没有注意到而且根本不可能预知的各个方向。她把右手放在他的肩上。我的上帝，假如一切顺利，假如明天下午我不回亚历山德里医生那里，也许有一天我会把手放在我儿子的肩上。她说：
"没有我，您照样可以旅行。您可以就这样离开，离开办公室！"

他带着惊愕和怀疑的表情看着她。

"但我没有钱。"他说。

她礼节性地对他笑了。"从来没有不带钱去旅行的人饿死过。"她带着友好的微笑说。她还想说，尽管有些人在旅行中学会了恐惧，但旅行中的恐惧总比办公室的苦难好。但她沉默了，因为他也许不能理解，而且她想把真理尽可能地简化，不想把它搞得更复杂。他还太年轻，如果我有儿子，我将教会他一些简单的真理，让他自己去积累经验。然后她放下搭在他肩上的手，说"再见"，看着他朝她抬着疑惑的脸，眼镜后面的眼睛里突然有了一丝尖锐、诧异、遥远的希望的光芒，也许这光芒很快会消失，也许在她走上酒吧所在的寂静街道时就已经消失了。

她感到正在渐渐上升的恶心感。一定是喝了意式浓咖啡的缘故，我喝不惯意式浓咖啡，但为什么我中午吃了墨鱼汁烩饭没有感到不舒服，现在却不能适应一杯普通的意式浓咖啡呢？她走到圣撒慕尔堂前的广场上，看见通往汽艇的浮桥上的灯。她走过行人稀少的广场，钻进广场边缘的一处墙角，吐进了大运河里。还真是有趣，只要我怀着孕，我就不得不呕吐。有些女人会吐九个月，但大多数人过了怀孕初期后就不再吐了。她气喘吁吁、全身疲惫地看着水面，胃痉挛着，但她感觉好多了。也许这只是幻觉，是遭受精神打击的结果，也许明天下午亚历山德里医生会在电话里说"阴性"。她找到广场上的一个小喷泉，从手提包中取出手帕洗了脸。现在一定已经过了6点，帕特里克约了7点钟等我。7点钟克莱默也将开始等我，除非他准确地知道我在什么地方，否则7点30分之前他是不会开始找我的。这个掌控一切的克莱默，这个审讯机器。但只要他不知道我在哪里，他就会等到7点30分之后才开始找我。如果帕特里克7点钟到那里，那么我只有一个短暂的期限，但如果他早到了，那我就有一个比较宽裕的期限。她谨慎地在小巷中绕着弯路向前走，因为她不想迷路。只有沿着大运河走，才不会迷失方向。有几次她走进了漆黑的死胡同，因为这些小巷的尽头是河流，她不得不又调转头。终于到了莫罗西尼广场，她认出了这儿，看见有人在广场上行走。她熟悉安康圣母圣殿所在的小岛与市中心之间的河流，于是她向右拐，走在格瑞提皇宫酒店花园的高墙下。穿过酒店正门后，她看见了木桥和通向木桥的台阶，那是学院桥，桥的左侧有船停靠着，通往大运河的石台阶上的圆弧路灯照亮着船。弗兰齐丝卡虽然不善于辨识船只，但最终还是认出了帕特里克的那艘，其实她更多是靠猜的。她停顿了一会儿，然后才走向台阶。美好得令人难以置信，这是梦幻般的机遇。我将立刻躺下睡觉，天外救星会把我带走。当然，某一天我会被唤醒。某一天，当我离开克莱默足够远的时候，离克莱默、赫伯特和约阿希姆足够远的时候，我将又能最终隐藏起来。而在这之前必须出现奇迹，帕特里克·奥马利或者奇迹。

他在客舱里，听见她走到甲板上的脚步声后，他给她开了门。她从门前的楼梯走下来，到了客舱，走过他的身边，然后坐在桌子旁的长椅上，她疲劳到没有力气脱下自己的大衣。帕特里克走进隔壁的厨房，她听见他忙碌的声音，闻到浓烈的咖啡味，但她以为是意式浓咖啡的作用。当他端着冒着热气的咖啡进来时，她无声地摇摇头。他把杯子放在桌上，从厨房的冰柜中取出一瓶威士忌，向她示意。弗兰齐丝卡点头，用大拇指和食指做了一个动作，表示大概要多少酒。他往玻璃杯中倒了些威士忌，又消失进隔壁房间，在玻璃杯中加了一块冰。弗兰齐丝卡感激他什么也不说、什么也不谈。为了对昨晚的事表示歉意，他表演了一出技巧精湛的哑剧。他做得很潇洒，他很擅长这个，相比于对抗克莱默，他更善于做这个。但他为什么把我交给克莱默呢？太漂亮了，他用这样的表演来抹去昨晚的尴尬和耻辱，这比他过分地悔过更有效。他有许多办法来达到目的，只是他还不知道对付克莱默的方法。他没有穿着那件运动夹克，那件耻辱的运动夹克，之后我一定要问他那枚纯金纽扣怎样了。

"我从乔凡娜那里把那枚纽扣要了回来，"帕特里克说，"您如果愿意，可以找个机会帮我把它缝上去。"

他似乎是被魔法变回了那个小魔鬼，变回了她前天夜晚见过的那个爱讽刺、会读别人心思的天使。我想错了，他根本不是在掩饰尴尬，他并没有用迷人的伪装来遮盖悔恨。他根本就不尴尬，也没有意识到自己有错。奇怪，他玩着我不懂的游戏。

她让几滴冰冷的威士忌在舌尖上融化。过了一会儿，她感到胃渐渐暖和了，轻微的胃痉挛正在减退。

"我们马上出发吗？"她问，"我们马上就起航吧，我请求您！"

"我还要等港口的证明文件，"他说，"一位信差会把文件给我送过来，最迟在一刻钟之后。"他微笑。"离港不是您想的那样简单，而且我是约了您7点钟来这儿。"

他给自己的水杯倒满了威士忌，坐下。"另外，乔凡娜说，您怀孕了，"他说，"她看起来似乎很确信这一点。"

她没有兴趣和他讨论这个话题。他给我提了一个建议，而这个建议听上去就像是求婚。他会把我从克莱默那里救出来，但我不会接受他的提议。还有，我是否怀了孩子也与他没有丝毫关系。如果我生下一个孩子，我会独自与我的孩子在一起。

"我今天与克莱默有过一次长谈，"她说，"或者更确切地说，我听他讲了很长时间。"

"我猜到他会跟踪您。"

"从7点钟开始，他会在老油画咖啡馆等我。"

"啊，"他说，显然很感兴趣，"一刻钟后。"

"是的。他想帮助我，他要给我一份工作。所有的人都想帮我。"

"请您不要生气，弗兰齐丝卡，"他说，"我会弥补一切的。另外，我并不是想要帮您，我其实是在找一个旅行的女伴。"

他穿着深蓝色海员毛衣和卡其色裤子。起航时，船上的人大概都这样穿，希望他也为我准备了一些用于远航的服装。

"您放弃报复克莱默是一件好事。"她说。

他正要喝一口威士忌，听到这话他停了下来，把杯子放回桌上。"谁说我会放弃？"他问。

弗兰齐丝卡望着坐在桌子另一边的他。他又有了孔雀酒店的目光，百日菊后的目光，邪恶的目光。这个目光的焦点将会吞噬一切，但它只出现在克莱默不在场的时候。当克莱默把他的纽扣扯下了的时候，他却望着地上。他用他的目光演着小戏，也许他在镜子前排练过。她想告诉他克莱默说的话，但忍住了。"他想杀我"，克莱默说过，"但他永远不会这样做"。相反，她说："我早就想对您说，您没有权利报复克莱默。您才是背叛者，克莱默只是帮助您背叛的媒介。"

"啊，"他讥讽地说，"您是一位聪明的女士。"

他身后的一扇舷窗里透出一片圆的夜景，大运河上有一盏灯在闪烁。弗兰齐丝卡感觉到船在缓缓地漂动。

"您认为我没有思考过这个问题吗？"帕特里克问。他愤怒地说："当然，恶人从来没有罪责，尽管是他们逼迫我们这样去处理事情。我们，只有我们自己，要承担罪责。我们的良心是唯一对此负有责任的。良心对世界上那些聪明、有道德感的女士来说是一个很奇妙的话题。一个人只要还能谈论良心，他就不需要直视邪恶。"

"我并不是想要指责您，帕特里克，"弗兰齐丝卡说，"您是对的，人们对恶人的本性了解不多。但对恶人我知道一点：他是无罪恶感的。"

"而我知道另一点，"他下意识地迅速说道，"人们必须消灭他。"

她觉得他已经着魔了。他用一只手握住杯子。如果他想要消灭恶人——那个名字叫克莱默的魔鬼的化身——那么他又为什么要远航呢？然而，她看见他的手又松开了。这来去之快就像痉挛，克莱默已经把他杀了。我现在完全理解了，克莱默对他来说就是一切，是他的命运和执念。

我对他进行了道德说教，那是真实却愚蠢的道德，真理可以是愚蠢的。但他也会有疲劳、想放弃的时候，也会突然认清他要杀死的是一个没有牙齿的老魔鬼，杀死那个变老的刽子手和白化病人的执念是无意义的。最终，远航的愿望战胜了他。就像在星期五，在米兰的比菲咖啡馆，当我坐在赫伯特对面，突然感到与赫伯特抗争毫无意义时，出走的念头战胜了我一样。也许最极端的决定是在人要放弃的那一瞬间做出的。

"您还记得星期六下午在孔雀酒店里与我坐在一起的那个男人吗？"帕特里克问。

弗兰齐丝卡点头。

"这个人是国际刑警组织意大利办事处的，"他说，"我向他告发了克莱默。"

她紧张地听着。"于是您决定放弃对克莱默进行私人报复？"她问。

"是的，"他说，"不可能成功的。"

他回答了她疑惑的眼神："那个人的态度还是比较开放的。"他停顿了一下。"也就是说，起先他的态度并不开放。最初他还找借口，说有必要仔细调查克莱默的身份，这需要几个星期。最后我孤注一掷，告诉了他我与克莱默之间发生的事，这使得他消除了顾虑。"帕特里克又停顿了。

"您知道，"过了一会儿他继续说，"当他知道我是一个叛徒，也是最后一个能证明克莱默活着的人时，他放下了所有的顾虑并告诉我，他们当然了解克莱默。这就是我想要知道的。"

弗兰齐丝卡观察到，在帕特里克身后的舷窗外，大运河上的灯光随着船的摇晃微微飘动着，沿着一个晃动的椭圆形轨迹回到它的初始状态，然后又开始飘动。

"简而言之，克莱默的后台很强大，强大到连意大利当局都得到指令，不允许给德国的调查机构哪怕一点点的暗示。否则，逮捕克莱默将会成为意大利最大的丑闻。"

"克莱默并不隐瞒这一点。"弗兰齐丝卡说。

"在德国提出紧急引渡要求的情况下，克莱默当然是要被移交给德国的。但他们已经事先了解到，在德国的诉讼中不会提及意大利的事。还有，审理这样一个不确定的案子会需要一定的时间，因为是在官员内部，而且是谈论一个悲惨的疯子，一个从前的同事。我已经转述了国际刑警组织的人对我说的话。我可以跟您说，那声音简直千金难求，冰冷而正确，就像人在与一个叛徒说话。官员们冷漠地与一个小恶棍保持距离，告诉那些像我这样的告密者，克莱默当然是他们中的一个，他是时间的牺牲品，而我……唉，我们不谈这些。那个官员甚至让你看清，如果克莱默想要成功地逃走，别人不能对他怎么样。我知道，当我与他谈话时，他已经在思考用怎样的方式把相关信息告诉克莱默的后台。"

帕特里克用低沉的讥讽语调做完了报告。他点燃一支烟，思索着，并问弗兰齐丝卡是否要烟，但她摇了摇头。

"您知道我的小小干预将导致什么结果吗？我可能会因为使威尼斯摆脱了克莱默而受人称赞。这儿会有人取代他，而那不勒斯、布宜诺斯艾利斯或亚历山大会得到他。"

"您放弃吧，帕特里克，"弗兰齐丝卡说，"您应该知道，这一切与您自己的故事已经没有关系了。"

他没有听，她发现他似乎有些紧张，但这个印象迅速消失，因为他又继续说："我们的谈话在您走进孔雀酒店时已经结束了。您真的很好看，弗兰齐丝卡，您的出现就是一件大事。我猜想您自己根本就没有注意到，但是您前天下午确实引人注目，这一点您完全不用怀疑。而唯一一个注意到您美貌之外的东西的人，是我。"

"您注意到了什么，千里眼先生？"弗兰齐丝卡问，她试图用一种轻松的语气，但没有成功，"我是一个忧心忡忡的女人，忧心忡忡、情绪低落的女人。"

"我观察着您如何看别人。"他回答。随后他又纠正道："您如何看穿别人。我看见您有一眼看透人的能力。"他的语气突然变得急迫。"从那一刻起，我的内心开始工作了，然后我真的开始预测了。前天下午我在孔雀酒店观察着您，我不知道我是否看出您正忧心忡忡，也不记得我当时是否就把您联系到了我与克莱默的事件中。但我看着您，看着您如何观察，然后我突然知道了您是谁。"

弗兰齐丝卡的身体向前倾了一些，紧张地看着他。马上我将知道那个秘密，他之所以找上我并固执地将我卷入他的故事里的秘密。她完全进入了紧张的倾听状态，最后她听见了他的声音。

"您是一位证人。"他说。

她想站起来，因为此刻她突然明白了，但又有什么东西阻止了她，那是跳跃时突如其来的身体疼痛。她的智慧强迫她向前跳跃，而这跳跃时的疼痛感在几乎不可测量的时间内被她的大脑接收，并被传递给了神经。

与此同时，她听见了甲板上的脚步声，看见帕特里克掐灭了烟。也许是那个信差，那个拿着港口证明文件的信差，但她认出了那件正在走下台阶的大衣，那件松松垮垮、颜色难辨的大衣。她立即认出是他。这是克莱默的大衣。

法比奥·克雷帕兹，傍晚

马萨里对法比奥的演奏没有什么可以挑剔的，他没有因为法比奥的缘故而用指挥棒敲指挥台。不过，法比奥也的确努力了，尽可能地演奏得"充满激情"，突然他怀疑自己也许太多愁善感，所以又开始演奏得生硬和冷静，几乎是干巴巴的。他今天的演奏就如同他往常心情不好的时候一样。法比奥情绪不好时，他的演奏会在技术上很精湛，完全符合大师的期望。当然他也发现，每次他这样演奏时，马萨里都会有一点失望。技术上的精湛不像感情在一定程度上的直接表达那么讨人喜欢，法比奥想，可是今天我也没有办法，我就是这么冷静。今天，蒙特威尔第的歌剧没有使他感到紧张，不是音乐的关系，音乐的价值绝对不必怀疑。但他必须承认，奥菲欧的神话可能是值得怀疑的，从某种角度看甚至是愚蠢的。当他在空无一人的乐团排演室逗留时，他问自己，是否有可能对神话提出批评。神话是如同树木、山峰或云彩那样，只不过是一种自然现象吗？胡扯，法比奥想，那是不知道什么时候被人们发明创造的。我不能批评一朵花，他思考着，但应该批判地审视这个条件：如果奥菲欧想把尤丽狄茜从冥界拉回来，他就不能回头看她。仔细想想，这个条件是一个愚蠢的过分要求，是神的无理要求，神要求人们在最需要谨慎的地方无条件地服从。那些神啊！而这些统治者所创造的作品并不愿无条件地服从他们。在某些方面，甚至技巧上也不够聪明。法比奥不得不想笑，因为他在叛逆的冷静中走得太远了。奥菲欧的神话的逻辑谬误是人为的，因为是人类自己想象出那些要求无条件服从的神，霸道的神，以及一位向他们解释说他做的一切都是好事的神。然而，是否有可能上帝完全不是这样想的呢？也许神或上帝根本不希望人类无条件地服从，很可能就是这样的。法比奥越来越陷入一个想法，而这个想法把他从冷静中解救了出来。很有可能上帝更愿意读到对他作品的批判性评论，而不是听到赞美的歌声。法比奥觉得不可能否认上帝的存在，但他无法想象一个不能接受批评的上帝。

蒙特威尔第在他的音乐中完整地诠释了这一点。对他来说奥菲欧是上帝无作为的悲剧人物。因此，法比奥想，在后天上午的总彩排和当晚的首演中，我将不再像今天那么生硬、那么冷静地演奏。蒙特威尔第安排弦乐来表现人类的受难，而表现希望、短暂的胜利和安慰的是两支木管短号、四把小号和四把长号，或者是两把小的"法国式"小提琴。他用弦乐表现沮丧、哀怨的悲剧，而仅仅允许我们拥有一次欢呼的胜利，而且这唯一的一次也是轻柔的，以小交响曲中的十五个轻柔的重复小节来表现，这音乐使得冥界的船夫卡隆入睡，奥菲欧和尤丽狄茜因此才过了冥河。法比奥想，这大概就是阿尔多缺少的东西：阿尔多徘徊在入海口，望着冥河时，没有用十五个重复小节，让那个拒绝把他送过冥河的无影船夫入睡。

沉重的大幕布合拢着，凤凰歌剧院的观众席是暗的，法比奥只能看出包厢的轮廓，也有几处栏杆上镀金的雕刻闪着微光，那是乐团里两三盏灯照在指挥台上产生的反光。这儿有灰尘、布景、老激情香水和优美的味道。

法比奥把他的小提琴放回琴盒，搁在他的谱架旁边，然后离开了剧院。两个小时后，晚上的演出就将开始。在这种时刻，剧院前的广场上的生活对他来说总是有些不寻常。

　　他在一家自助餐厅站着吃了些东西，然后闲逛，看看橱窗，翻了一阵子书却没有买一本，最后他走到伍果那里，靠着吧台喝了一杯红葡萄酒。他正要转身离开时，他感觉到外套的袖子被碰了一下。他看着这个女人的脸，这是他见过一次的脸。他惊讶地看着它，伍果酒吧里的霓虹灯让他无法辨认出这张脸上眼睛的颜色，但他却记得她头发的颜色，此时这头发并没有梳理整齐，他想起它曾经有过的样子：一首诗。这首诗听起来就像所有诗应该有的样子：短暂而强烈。它是依赖的象征，诗中的每个词都依赖着另外一些词。当法比奥理解了这首诗中的每个词的意义时，触碰他手臂的女人开始说话了。

弗兰齐丝卡，傍晚

克莱默走进客舱时，弗兰齐丝卡灵机一动，她不去看他，而是观察着帕特里克。帕特里克干净利索地掐灭了手中的烟，随后抬起头紧张地看着克莱默，身体的姿势带着一丝难以察觉的惊慌。如果我没有想错，他此时并不惊讶。不可能！我没有弄错，他是在等克莱默。

克莱默在最下面的台阶上停步了，他像一座肮脏的水泥雕塑，披着松松垮垮、颜色难辨的大衣，脸用白灰泥刷过。现在，帕特里克会开枪，这是他的机会。如果帕特里克现在开枪，除了让这张石灰面具炸裂，不会有其他后果。在那漫长的一秒里，她一直望着这张面具，等待它被炸裂。但它没有炸裂，它甚至在向前移动，直到进入客舱电灯的光环中。弗兰齐丝卡等待着帕特里克的行动，等待着帕特里克决定性的行动，但是他一动不动，她只听见他嘲讽的语调，似乎是为了掩盖那一丝惊慌。

"晚上好，克莱默，"帕特里克说，"真是一大惊喜！"

克莱默没有搭理帕特里克。他抬起手臂，用右手把大衣左边的袖子往上推了推，但他并没有看手表，而是看着弗兰齐丝卡，说："已经7点钟了。您为什么没有在老油画咖啡馆呢？"

这恐怖未免太明显了，克莱默这台审讯机器，弗兰齐丝卡差点笑了起来，但帕特里克又制造了紧张气氛。帕特里克的恐惧像小溪一样流淌在客舱的棕色柚木桌子上，汇聚成一摊词语。"我耽搁了这位女士，"她听见他说，"她本来马上就要去的。"

弗兰齐丝卡仍然坐在长椅上，她瞟了一眼帕特里克，他的话像一只蚊子飞行时发出的嗡嗡声，正绕着她和克莱默，骚扰着他们。这个混蛋，这个懦弱的胆小鬼，现在这儿只有克莱默和我了。她感到自己是孤立的，独自面对着克莱默。还是我忽视了什么，忽视了帕特里克没有说出的那些话？他不可能这样公开地把我送出去啊。

克莱默仍然没有理会帕特里克。"今天早上我断定您会在梅尔契里埃大街，"他对弗兰齐丝卡说，"而您果真去了那里。"他说这话时不带一丝嘲弄，语气近乎冷漠，仿佛在发表声明，在写一份虚拟的官方报告。"从今天下午开始，我不必监视您了，只需要盯着奥马利的船。"他的头朝帕特里克动了一下，"你们的关系并没有结束，我清楚这一点。您目前的处境我已经算好了，在这种情况下，这条船应该是您逃离的最佳机会。"

他低头看着她。"一个几乎不可能的机会，不是吗？"他问，"美好得令人难以置信。"突然，他变成了一个居高临下的刽子手，正打着官腔教育一个孩子："未来您要记住这一点：像这样的机会绝对不会存在。"

"哪个未来？"弗兰齐丝卡问，"是您为我计算的未来吗？"

她忽然发现客舱里原来那么热，而她还穿着大衣。现在也没有必要脱下它了，不会启程去远航了，我将不得不马上起身和克莱默一起离开。她看着那杯威士忌，她只喝了一小口，冰块已经融化。也许就是这几滴威士忌让我全身发热的，我不能再喝了。

"您要喝一口威士忌吗？"帕特里克问克莱默，"让我们冷静地谈谈！"

又是蚊子的嗡嗡声，为了保住脸面，他忽然扮演起理性的人，有清醒的头脑、把一切放到理性层面上的人，聪明而具有人性常识的英国人。

"我不喜欢英国劣质酒，"克莱默说，"至于你们冷静的谈话——您已经对国际刑警组织的圭里尼说清楚了。"

"这不是劣质酒，"帕特里克说，"这是老奥马利的特制威士忌。"她仔细地看着他，突然感觉他开始入戏了，但看不出他是否被克莱默的消息灵通震住了。他接过了话头。

"不错，"他说，"我与圭里尼谈过，因此我放弃了。我们将启程，我和这位女士。"

克莱默突然坐到桌子窄边的椅子上，正好在弗兰齐丝卡和帕特里克之间。"这儿真他妈的热，"他说，一边擦掉汗，"现在您终于可以让我尝一口鼎鼎大名的啤酒了，您可是一直对它赞不绝口呀，奥马利。"

帕特里克点头，转身要去厨房，但是克莱默摆手阻止了他。"不行。"他思考着说，仿佛正在严肃地思考帕特里克的建议。他是疲惫的，疲惫从他宽大的大衣里涌出来。他是一个疲惫的混蛋和白化病人，他与我一样疲惫。

"您可以开船，"她听见他说，"但不能带上她。我不怕您，奥马利。但她是一个我不想放走的人。我了解这类人。"

她看见他额头上的汗。原来他不仅在吃饭时出汗。不过这儿像地狱一样热，而且我们两个都穿着大衣，克莱默和我，因为我们将马上一起离开。

"您只想毁掉我，"克莱默对帕特里克说，"但已经有许多人想这样干了，而且我怀疑他们当中有那么几个人是否真的会这样做。"他抬起手指，指向弗兰齐丝卡，但仍旧看着帕特里克。"但这个女人，"他说，"她不想毁掉我。她想要置我于死地。"他的脸上出现了一丝微笑。"她想把我像一个小小的刽子手那样送上法庭，她想向公众证明，我只不过是一个小小的刽子手，某个罪犯。因为只有当人们能证明我是罪犯，一名普通的罪犯，一个能被判决或被治愈的病人时，他们才能把我从记忆中删除。这就是她想要的，我不会看错她的。"

"也许您是对的，"帕特里克说，"但她也放弃了。我以人格担保。"

他走了出去，弗兰齐丝卡听见他在厨房里打开冰柜门的声音和杯子碰撞的声音。她抬起目光，看着克莱默，他也在看她，他们的目光相遇了，平静地交织在一起，两个坚决的疲惫之人相互较量着，相持不下。他们最终认清这是两个死敌的相遇，两个达成共识的死敌。在邪恶天使的地狱般炎热的客舱中，死敌间疲惫的阴谋变得冰冷。

帕特里克回来，手中拿着一瓶啤酒和一只酒杯。他从口袋中取出一把小的开瓶器，打开了瓶盖，瓶口有一点雾气冒出来。弗兰齐丝卡观察着克莱默脸上的贪欲，汗水又像小溪般从他额头上流淌下来。他一会儿是不是又会打喷嚏，打胃喷嚏呢？

"醇正佳酿，清冽爽口，"帕特里克说，"来自利物浦的奥马利啤酒。"在倒啤酒的时候，他停顿了一下。"这首诗是我写的，克莱默，它增加了我父亲的啤酒销量。"

他递给克莱默酒杯。但克莱默先不喝，他看着帕特里克，问："我不是一个小小的刽子手，奥马利，对吗？"

他的声音很低。

"不是，"帕特里克说，"您是邪恶的人。"

当克莱默拿起酒杯开始喝酒时，弗兰齐丝卡看着杯壁上的水汽，感到一阵寒冷。然后她被帕特里克的一个奇怪的动作吸引了：她看见他的手伸进右边的裤子口袋中，掏出了什么东西——那枚纯金纽扣——然后把它放到客舱的桌上。那枚纽扣躺在桌子上，看起来像一只眼睛，一只邪恶的金眼。就在这时，克莱默坐着的椅子倒下了，白色的面具也同时滑倒，正好滑到桌子的边缘。那双小的红眼睛在柚木桌子上方痛苦地瞪着，嵌入面具中的红色嘴唇张开着，试图吐出啤酒泡沫。小泡泡在张开的嘴唇上形成一个圆环，直到嘴唇沉入桌子下方，直到白色的面具消失。与此同时，啤酒杯在客舱的地板上慢慢地滚动。

弗兰齐丝卡站起身，缓慢地，非常小心。她离开桌边，看见克莱默躺在地上，他是趴着的，脸朝地板，左腿还动了一下。他抬起腿，屈膝，然后又倒了下去，腿重重地摔在了倒下的椅子旁，然后就躺着不动了。

"乔凡娜本来不想把它还给我。"她听见帕特里克说。她望着他。他拿起金纽扣，把它放回了裤子口袋里，平静地坐在他的椅子上。

"士的宁，"他解释道，面不改色，"换句话说：一剂老鼠药。你可以在任何一个地方买到这个东西。我还预备好了一瓶威士忌。但我跟自己打赌，我能用啤酒办成这件事。我有许多次看见克莱默要了啤酒。"他说着，好像在一个冰冷的胜利背景前做一次很实质性的展示。他的脸保持着不变的表情，只有从他的声音中可以隐约感觉到，他正享受着自身的冷漠。

"他死了吗？"弗兰齐丝卡问，"真的死了？"

"百分之一百，"帕特里克回答，"愿他的骨灰安息吧。更准确地说，是尸体。我们到了亚得里亚海后，我会在他的大衣里装上许多重物，然后把他扔到海里。他绝对不会被找到，他将永远被忘记。"

他安静下来，站起身。克莱默的身体挡在前面，使得他不能靠近她。"您看，"他问，显然很得意，"这是不是一个完美的谋杀呢？我错过下手的机会了吗？我不想'做这样的事'吗？我是失败者吗？"如果弗兰齐丝卡没有听错，他最后的声音是充满仇恨的。

她从刚才坐着的长椅上拿起她的手提包。

"我想要知道，"她说，"您利用了我什么？我还是不明白，还是无法解释。"

"我想要一个证人，"他回答，"我跟您说过。"

"这不是全部的事实。"弗兰齐丝卡说。

"不，"帕特里克说，"这不是全部的事实。事实是，当我看见您，跟踪您，偷听了您与孔雀酒店的门房的对话后，我有了一个设想。后来我得知您是德国人，又从您这儿得知了您的处境。了解您之后，我忽然明白您将是一位能把克莱默带来给我的人，带到这儿，我的船上。您是一位完美的女士，弗兰齐丝卡，您是那么认真、那么坚定，我知道您会成功地做到我不可能做到的事：被克莱默认真对待。对他来说，我只是一只不值得注意的讨厌的虫子，但当他看见了您，他立刻知道事情严重了。还有，我也知道他将跟踪您，哪怕要跟踪到世界的尽头，甚至到我的船上。我的周密计划得以实现。您是我的诱饵，上等的诱饵。"

她发抖地握紧手提包。"所以这是我的责任？"她问。她低头看着克莱默，那件松松垮垮、颜色难辨的大衣铺开在他的身体上，她只能看见他后脑上的白色头发。

"间接的，"帕特里克说，"只是间接的。这件事算在我的账上。责任人是我，不是别人。"他看着她，突然一惊，他说："您不是想要离开吧？"

不会有航海，不会在西西里岛过冬，不会在里维埃拉逗留，不会在小魔鬼的资助下去里维埃拉养胎，不会因为当了上等的诱饵而得到一份甜美的终生酬金，也不会因为充当了谋杀案的帮凶而获得一份利物浦的啤酒股份。

他看出她的坚决，试图用嘲笑来阻拦她离开。"我几乎知道一切关于您的事，克莱默，"他学她的样子，"您是一个刽子手，克莱默，而且您知道这一点。"他讥讽地做了总结："看着您上了我的当，这真是激动人心。我根本不敢相信事情会进行得那么快、那么顺利。我看着克莱默进入了圈套，看着他立刻对您认真了起来。哦，这是一个完美的圈套！"

她转身要走。毕竟，外面对我来说已经没有危险了，我又自由了。

"但是为什么呢？"她听见帕特里克问，"您为他感到惋惜了？"

她转过身面对着他。她看见他站在尸体旁边，他已经明白了。因为她将离开他，他终于明白了他的行为是无意义的。她不知道自己是否对克莱默感到惋惜，但她为必须谴责帕特里克而感到遗憾，谴责是为了让他认清他杀错了人。这不是一宗会让他被复仇女神追杀的谋杀案，这只是一个错误，但这个错误足以使他的余生遭受孤独的折磨。他盲目地杀了人，而从现在开始他将睁开眼睛。她看见他的脸上已经开始有了孤独，这孤独将在他的眼里筑起一座大坝，使他看不清未来。他的眼中是所有被判刑者的无神的目光。她静静地走了出去。

但是到了外面，在冰冷的雾气中，她又感到不适，不是之前那种恶心的感觉，而是全身虚弱无力。现在什么时间了？从克莱默走下台阶到现在，最多过去了半个小时，也就是说现在应该是7点30分，还不是很晚。许多人在学院桥上走着。我现在去哪里呢？随便找个旅馆吗？或者出发？终于可以离开威尼斯了，我是自由的，不再有人阻止我离开威尼斯了。她虚弱得无法做出任何决定，但还是成功地走到了一面墙边，墙的后面是格瑞提皇宫酒店的花园。她在墙上靠了一会儿，望着桥上来来往往的行人。他们纷纷斜穿过广场，有的正要上桥，有的刚从桥上下来，但都没有留意停靠在人流与桥之间的夹角处的船只。他们看不到这个铺着大石板的角落，码头位于桥旁边的死角里。这是死者的角落，这个死人躺在下面的船里。当克莱默脸朝下趴在地上，当我只看得见他后脑上的白头发时，他看上去像人了。他是一个人，而我帮助别人杀害了他。弗兰齐丝卡注意到，从她身边走过的人正看着她。我一定很奇怪，夜晚在这个地方，靠着墙。我必须继续走，否则会有人过来问我是否有什么问题，是否感到不舒服，或者一群年轻人会认为我是妓女，故意走上前来嘲笑我。她谨慎地向前走，沿着墙。我可以的，我必须振作起来，我必须去某个旅馆的大厅坐下，想一想该怎么做。我知道任何一个法官都会判我无罪，即使我对他们说，我至少要承担过失杀人罪，这是我的过失，是我低估了帕特里克，他们依然会摇摇头并释放我。而我甚至不知道这是否真的只是过失杀人。也许没那么简单，也许是欲望，我的潜意识里有一种杀人的欲望，驱使我在威尼斯转了两天，而不是按照计划在星期六的半夜离开。我不相信这一切的发生只是巧合或者是因为我被骗了。我参与了，在我内心里，将克莱默杀死的愿望比逃亡的愿望更强烈。但这是为什么，为什么呢？弗兰齐丝卡知道自己永远不会找到这个问题的答案。也许将来会有什么人给我解释？告诉我这个脸朝地、最后只让我看见长满白发的后脑的人，他在我的生命中到底意味着什么。

雾气笼罩着的莫罗西尼广场如此宽阔，令她不寒而栗。她看见雾的后面有房子，深色的房子，亮着灯的房子，还有一座教堂，挂着霓虹灯广告牌的一家商店和一家酒吧。我绝对走不到对面去。我必须强迫自己想其他事情。她忽然想起小时候的一个画面。九岁的时候，我开始去上芭蕾舞课，没有课的时候，母亲就陪我练习。她站在我前面，在我们位于迪伦的小公寓里，她给我示范芭蕾位置。她只是一个家庭妇女，但她还记得那些芭蕾位置，她自己也上过芭蕾舞课，也是在她九岁的时候。就像许许多多的妇女那样，在她成为一名家庭妇女，一名房东太太，与那个小官员生活在一起之前，她也曾有过一点点异乎寻常的期望。后来她死了，死在了炸弹之下，如果她还活着，我就能知道现在我可以去哪里。她是个有活力的人，总是愉快又认真。她知道芭蕾位置，我站在她面前，伸出一只手抓住柜子，把它当作芭蕾把杆。我穿着一条长棉线裤、一件连体紧身衣和一件粉红色衬衣，我是一个很认真对待严肃梦想的小女孩。她把我的头发扎成了一个马尾辫，打上一个大的蓝色蝴蝶结。她给我示范第一个位置，两只脚必须完全站成一条直线，后跟靠拢，脚尖向外。从这第一个位置，我必须把左腿向前移动。"不对，再来一次，"我的母亲说，"不许弯曲膝盖。"然后，我把左腿向左移动了九十度。"脚尖一直向外。"母亲说。我把腿向后移动，然后是最难的动作，我必须让腿回到前面来，回到经典的芭蕾第一位置，膝盖不能弯曲。弗兰齐丝卡突然注意到，她已经穿过了莫罗西尼广场。我的天，我是练习着芭蕾位置穿过广场的吗？这是一个幻觉，她只不过是走得很慢，用谨慎且不易察觉的动作摇晃着从广场的一边走到了另一边。但现在我不知该去哪里了。就在这时，她看到一个酒吧的门就在眼前，一块霓虹灯广告牌在玻璃门上闪烁着。她紧紧地抓住门的把手，过了一会儿才走进去。

她立即看到了他。他站在吧台前，在其他男人中间，但他是独自一人。她毫不犹豫地向他走过去。她从他的轮廓、他的加拿大式外套和所有的一切上认出了他。当她触碰他的手臂时，她极力思考着，如果他回头的话，她应该跟他说些什么。这其实很简单，她只需要回想一下今天下午那个年轻人是如何请求她带他去旅行的。这很简单，她还记得他。当然，她想，想要不显唐突地跟一个陌生人说话，正当的借口只有一个：请他帮忙。她惊慌地看见他向她转过身来，惊讶地望着她。我必须请求他什么。她说出了脑海中出现的第一个最好的想法，这是第一个，也是最好的一个，一个请求，一次乞讨。

"您能帮我吗？"她问，"您知道哪里有适合我的工作吗？"

他看着她，脸上没有笑容。他是那个在钟楼上的男人。他用一个稳当的动作抓住她的手臂并让她站直，然后把她从吧台前带到一张靠墙的椅子上。她在那里先坐了一会儿，很僵硬，很直。

老皮耶罗，夜的尾声

芦苇叶，罗莎是愚笨的，我在灯光中冻僵，我希望她有个孩子，在冰冷的芦苇中，与某个人，妻子死亡，在托尔切洛岛的芦苇中，在床上而且很快，船如此宁静，我对法比奥没有期待，鳗鱼还在睡觉，除了那把小提琴，在托尔切洛岛的芦苇中，他想怎么演奏就怎么演奏，冰冷和炎热，他给他们钱，在白色的灯光中，我捕鱼得到的钱，我冰冷地窥视，卖鳗鱼的钱，冰冷和炎热，湿地的金，我如此冰凉地窥视，祈祷，穿过芦苇叶，他们将找到我，上帝在天上，将我带回梅斯特雷。我在灯光中冻僵。

注

《红发》完成于 1958 年到 1959 年间。

此版本（1972 年版）为修订版，对文本做了全面的修改。在之前的版本里，最后一章中都交代了故事的结局，现在结局部分已全部删除。我如今的观点是，这本小说更适合有一个"开放的结局"，弗兰齐丝卡和法比奥的命运应该留给读者去想象。

《海》的故事是根据米开朗基罗·安东尼奥尼的电影《喊叫》自由改编的。

贝尔佐纳（翁塞尔诺内山谷），

1972 年春，

阿尔弗雷德·安德施